本当にあった？恐《きょう》怖《ふ》のお話 怪《かい》

たからしげる 編

hontou ni atta?
kyofu no ohanashi
KAI

PHP

まえがき

このシリーズ（全三巻《かん》）には、主に児童書界《じどうしょかい》の第一線で活躍《かつやく》している三十人の著名《ちょめい》作家が、身のまわりで「本当にあった」出来事をもとに書き下ろした三十のお話を収《おさ》めています。どのお話も、「怪《かい》」「闇《やみ》」「魔《ま》」といったイメージにいろどられた、作者自身の「恐怖《きょうふ》」の体験《たいけん》がもとになっています。

怖《こわ》い夢《ゆめ》を見て目をさましたとき、夢《ゆめ》で良《よ》かったと誰《だれ》もが思います。しかし、同じ怖《こわ》い夢《ゆめ》をつづけて見ると、どうしてこんな夢《ゆめ》を何度も見なければいけないのだろうと考えませんか？　その理由は、夢《ゆめ》より怖《こわ》いものなのかもしれません。

大自然《だいしぜん》のど真ん中を流れる川の上で、あなたは水路に迷《まよ》い、ボートに一人《ひとり》きりです。あたりには明かりらしい明かりが一つもないまま、夕暮《ゆうぐ》れが迫《せま》ります。あなたはいつまで、ボートをこぎつづけなければいけないのでしょうか……。

この巻《かん》に収《おさ》められた作品群《さくひんぐん》のキーワードは「怪《かい》」です。日常《にちじょう》ではありえない、思いもよらない出来事の連続《れんぞく》です。そうした、すぐには理由のわからない怪《あや》しさを感じさせるような恐怖《きょうふ》の物語が十編《ぺん》そろいました。その作風は大きく二つに分かれます。

一つは、「本当にあった」ことをもとに作家としての想像力《そうぞうりょく》をさらに加《くわ》えて、一つの物語に仕上げたものです。もう一つは、作家自《みずか》らが体験《たいけん》したり見聞きしたりしたさまざまな種類《しゅるい》の恐怖《きょうふ》の出来事を、そのまま紹介《しょうかい》したものです。

この一冊《さつ》を読んだ人は、残《のこ》るキーワードが「闇《やみ》」「魔《ま》」の二冊《さつ》にもぜひ、目をとおしていただければと思います。また、「不思議《ふしぎ》」「奇妙《きみょう》」「不可解《ふかかい》」をキーワードにした、このシリーズとは重ならない著名《ちょめい》作家三十人による既刊《きかん》、「本当にあった？世にも~なお話」シリーズ（全三巻《かん》）のほうも、まだ読んでいないという人はぜひ手に取っていただけたら、編者《へんじゃ》としてこの上ない喜《よろこ》びです。

二〇一八年　春

編者《へんじゃ》　たからしげる

本当にあった？　恐《きょう》怖《ふ》のお話・怪《かい》〈目次〉

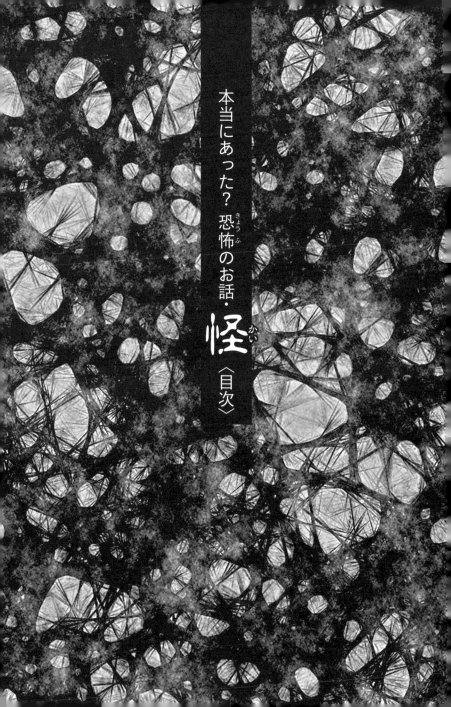

まえがき
一番恐《おそ》ろしいのは…… 山本悦子《やまもとえつこ》 …… 8
戻《もど》らずの森 緑川聖司《みどりかわせいじ》 …… 25
黒いビー玉 堀米《ほりごめ》 薫《かおる》 …… 42
長い沈黙《ちんもく》 たからしげる …… 59
まぶたが落ちるのよ 藤咲《ふじさき》あゆな …… 75

トリプル☆絶叫《ぜっきょう》コースター　樫崎《かしざき》　茜《あかね》……91
九十九樹《つくもじゅ》　藤《ふじ》　真知子《まちこ》……109
パニック!!　北川《きたがわ》チハル……126
小指姫《こゆびひめ》の小指　立原《たちはら》えりか……143
がい骨《こつ》がボートに乗っている　塩野米松《しおのよねまつ》……159
著者プロフィール

一番恐《おそ》ろしいのは……

山本悦子《やまもとえつこ》

何かが焼《や》けた後のにおい。足もとには、れんがやガラスや、よくわからないものののかけらが散《ち》らばっている。少しはなれたところに、今にもくずれ落ちそうな建物《たてもの》が見える。

わたしは、するどいとげのついたフェンスの横に立たされていた。両手と両足はかたいロープでしばられている。わたしの前には、女の子が二人。わたしと同じ小学校高学年くらい。二人とも褐色《かっしょく》の肌《はだ》で、栗色《くりいろ》の髪《かみ》だ。その横に、大人《おとな》の男の人が一人いる。同じく褐色《かっしょく》の肌《はだ》。髪《かみ》は黒だ。鼻の下にひげが生えている。目が、気味が悪いくらい血走っている。上下、カーキ色の服。兵士《へいし》なのだろう。銃《じゅう》を持っている。はなれたところにも数人、兵士《へいし》がいる。

フェンスの後ろには、人だかりができていた。兵士《へいし》たちとよく似《に》た外国の人の顔立ちだ。

でも、服装《ふくそう》から町の人だとわかる。みんな、気《き》の毒《どく》そうにわたしたちを見ている。何か言う人もいるけれど、誰《だれ》もわたしたちを助けようとはしない。

わたしには、わかっていた。わたしたちは、殺《ころ》されるために、ここにいるのだ。順《じゅん》番《ばん》に一人ずつ。見せしめのために。

ひげの兵士《へいし》が、先頭にいた少女を銃《じゅう》の先でこづいた。少女がよろけると、別《べつ》の兵士《へいし》が二人やってきて、両脇《りょうわき》をがっちりつかんだ。少女が、悲鳴を上げる。逃《に》げようと体をねじるけど、どうすることもできない。ずるずる引きずられていく。彼女《かのじょ》の行く手は、わたしには見えないけれど、フェンスの後ろにいる人たちには、見えているようだ。

彼女《かのじょ》の姿《すがた》が見えなくても、今から彼女《かのじょ》を待ち受けている運命はわかっていた。わたしは、目をとじる。やがて、人々の悲鳴と、何発もの銃声《じゅうせい》が聞こえた。

体中の血の気がすうっと引いていくのがわかった。足の力がぬけて、地面にひざをついた。怖《こわ》くて怖《こわ》くて声も出ない。

次の少女が、引っぱられていく。後ろで、ひときわ大きな叫《さけ》び声《ごえ》がした。

「わたしを身代わりにして！」

きっと少女のお母《かあ》さんだ。ひげの兵士《へいし》は、にやにや笑《わら》っているだけだ。少女は、恐《おそ》ろしさで半分気を失《うしな》っている。

そして、さっきと同じ。銃声《じゅうせい》が響《ひび》いた。

わたしは、座《すわ》り込《こ》んだまま、フェンスにしがみついた。もうすぐ、わたしの番が来る。

「助けて！」

フェンスの向こうにいる人たちに頼《たの》んだ。でも、みんな、悲しそうな顔をするだけだ。

そのとき、わたしの指に小さな手がふれた。小学校一、二年くらいの女の子だった。

「かわいそうに……」

女の子は、顔中を涙《なみだ》でぬらしていた。

「神様、神様、どうかお助けください」

女の子は、自分の手が傷《きず》だらけになるのもかまわず、フェンスの中に腕《うで》を差《さ》し込《こ》み、わたしの手をぎゅっとにぎってくれた。やわらかくて温かい手だった。一瞬《いっしゅん》ほっとした。でも次の瞬間《しゅんかん》、後ろから肩《かた》をつかまれた。

「おまえの番だ」

女の子は、最後《さいご》の最後《さいご》までわたしの手をはなそうとしなかった。ひげの兵士《へいし》は、女の子の手を足で踏《ふ》みつけた。両脇《りょうわき》に別《べつ》の兵士《へいし》の腕《うで》が差《さ》し込《こ》まれ、わたしはずるずると引きずられていく。

「いやあああー!! 助けてえ！」

自分の声で目がさめた。

「はあ、はあ、はあ」

寝《ね》ていただけなのに、息が上がっている。どれだけ、力を入れていたんだろう。体中がこわばってた。なんなの？　今の夢《ゆめ》。

両腕《りょううで》に、兵士《へいし》たちの腕《うで》の感触《かんしょく》が残《のこ》っている。こげたようなにおいも、ひざにふれた地面の感触《かんしょく》も、あの女の子の手のやわらかさも。

リアルすぎ。変《へん》な夢《ゆめ》……。

学校に行く途中《とちゅう》も、ぼんやりと夢《ゆめ》のことを考えていたら、
同じクラスの恭子《きょうこ》に声をかけられた。

「恵理《えり》、どうしたの？」

「なんかさあ、変《へん》な夢《ゆめ》見たの」

「変《へん》な夢《ゆめ》？」

わたしは、夢《ゆめ》の話をした。

「それ、もしかしたら、昨日《きのう》の授業《じゅぎょう》のせいじゃない？　ほら、戦争《せんそう》している国の話」

そういえば……。

昨日《きのう》の道徳《どうとく》の時間、担任《たんにん》の和男《かずお》先生が、世界のいろいろな国の話をしてくれたのだ。日本《にっぽん》のように平和な国ばかりではない。戦争《せんそう》をしている国もあるのだと、何枚《なんまい》かの写真を見せてくれた。くずれはてた町や、爆弾《ばくだん》でけがをした子ども。銃《じゅう》を構《かま》える少年。

「あの写真、ショックだったもんね。夢《ゆめ》に出てきても無理《むり》ないよ」

「そうか」

銃《じゅう》を持った兵士《へいし》が夢《ゆめ》に現《あらわ》れたのはそのせいか。そういえば、みんな、昨日《きのう》見た写真の人たちに似《に》た顔だちだった。

「よかったあ、理由がわかって。ほっとした」

恭子《きょうこ》はわたしの肩《かた》をポンとたたいた。

「恵理《えり》、正義感《せいぎかん》が強いし、優《やさ》しいから。すっごく心に残《のこ》っちゃったんだね」

正義感《せいぎかん》が強い。いつも言われることだ。自分でもそう思う。間違《まちが》ったことや悪いことをしている子がいると、だまってはいられない。

この前、六年の男子が花壇《かだん》の中に入り込《こ》んでいるのを見つけたときも、

「そこ、チューリップの球根植えたばかりだから、入っちゃダメなんだよ！」

と注意した。

「五年のくせにえらそうだぞ！」

って言われたけど、ひるまなかった。他《ほか》の女の子たちは、

「すごいねえ。勇気《ゆうき》ある！」

って、口々に言っていた。

でも、いくら勇気《ゆうき》や正義感《せいぎかん》があってもそれだけじゃだめだって知ってる。一番大事なのは優《やさ》しさ。だから、ふだんから友だちには優《やさ》しくするように心がけてる。

クラスでいじめられやすい春美《はるみ》にも、優《やさ》しくしてあげてる。春美《はるみ》は、いつも同じ服を着ていて、そばによるといやなにおいがする。勉強も運動もできない。性格《せいかく》、暗いし。だから、みんな、仲間《なかま》に入れたがらない。先週、秋の遠足のグループ決めをしたときも、誰《だれ》も声をかけなかった。見かねて、

「春美《はるみ》、うちらの班《はん》に来ない？」

って声をかけてあげた。いっしょのグループの子たちは、え〜って顔をしたけど、

「お願《ねが》い。だって、かわいそうじゃん」

手を合わせて頼《たの》んだら、

「もう、しょうがないなあ。恵理《えり》、優《やさ》しいからなあ」

って許《ゆる》してくれた。和男《かずお》先生からは、

「恵理《えり》、春美《はるみ》に優《やさ》しくしてくれてありがとう」

とお礼を言われた。

「自分が春美《はるみ》の立場だったらって考えると、ほうっておけないから」

そう答えたら、和男《かずお》先生も周《まわ》りにいた友だちも、「さすが」って顔をした。

「どうせなら、夢《ゆめ》の中でも銃《じゅう》を持ったやつらに、正々堂々《せいせいどうどう》と意見すればよかった。つかまってる女の子たちをみんな助けてさ。悔《くや》しいなあ」

って言ったら、

「夢《ゆめ》の話なのに、悔《くや》しがってる」

と恭子《きょうこ》が笑《わら》った。

「じゃ、今度その夢《ゆめ》見たら、そうしなよ」
「よし！　がんばる！」
調子に乗って答えたけど、同じ夢《ゆめ》を見ることなんてないって思ってた。

なのに、また夢《ゆめ》を見た。同じ夢《ゆめ》だ。しかも、一日だけじゃない。毎日、毎日。夢《ゆめ》の中では「また同じ夢《ゆめ》だ」なんて思わない。夢《ゆめ》だってことすら気づかない。毎回同じように、おびえ、泣《な》き叫《さけ》んでいた。

そんなわたしに、話しかけてくる女の子がいるのも同じだ。フェンスの網《あみ》のすき間から手を差《さ》し入れ、目に涙《なみだ》をためて祈《いの》ってくれる。

ふんわりとした巻《ま》き毛《げ》のショートカット。大きな瞳《ひとみ》。絵本で見た天使のようにかわいらしい子だった。その子に手をぎゅっとにぎられるときだけ、少し恐怖《きょうふ》がおさまる。

でも、そんなのはほんのつかの間の安らぎでしかない。すぐにわたしの番がやってくる。わたしは、兵士《へいし》たちに両腕《りょううで》をつかまれ、無理矢理《むりやり》連《つ》れていかれる。

「ぎゃー、助けて！」

自分の悲鳴で目がさめる。何度もその繰《く》り返し。

「殺《ころ》される夢《ゆめ》って、幸運を招《まね》くらしいよ」

朝、教室で顔を見るなり、恭子《きょうこ》が教えてくれた。

「恵理《えり》、同じ夢《ゆめ》ばっかり見るって悩《なや》んでたから、インターネットの夢占《ゆめうらな》いで調べたの」

夢占《ゆめうらな》い？

「こんな怖《こわ》い夢《ゆめ》なのに、幸運を招《まね》くの？」

信《しん》じられない気分だった。

「そう。だから、毎日見るっていうことはすごくいいことがあるってことだよ」

それでも信《しん》じられないわたしに、

「じゃあ、今日《きょう》、うちに来なよ。いっしょにインターネット、見てみようよ」

恭子《きょうこ》は提案《ていあん》した。

「うん！」

返事をしてから、思い出した。

「だめだ。今日《きょう》、授業《じゅぎょう》が終わってから、飼育《しいく》委員の仕事があるの。ウサギ小屋のそうじ」

「え〜」

「わたしも、確認《かくにん》したいんだけどさ」

残念《ざんねん》って言いかけたとき、恭子《きょうこ》が、パンと手をたたいた。

「春美《はるみ》にやらせればいいじゃん」

「え？　でも春美《はるみ》は飼育《しいく》委員じゃないし」

「誰《だれ》かがやればいいんでしょ？　恵理《えり》は、いつも春美《はるみ》を助けてやってるんだから、それくらいやらせればいいんだよ。ねえ、春美《はるみ》ぃ」

恭子《きょうこ》は、自分の席《せき》にぽつんと座《すわ》っている春美《はるみ》に声をかけた。恭子《きょうこ》が事情《じじょう》を説明《せつめい》して、

「だから、代わってあげて」

と言うと、春美《はるみ》は首を横にふった。

「えぇっ！　なんで？　いいじゃん。どうせ授業《じゅぎょう》が終わっても遊ぶ子もいないんでしょ」

わたしも、

「春美《はるみ》、代わって。お願《ねが》い」

って頼《たの》んだのに、春美《はるみ》はいいと言わなかった。

「もうっ！　それくらいやればいいのに」

恭子《きょうこ》は、ぷりぷりしている。わたしは、春美《はるみ》をちらっと見た。春美《はるみ》は、わざとらしく机《つくえ》から本を出して読み始めた。その態度《たいど》、ちょっとムカついた。ナマイキ。

ウサギ小屋のそうじくらい代わってくれればいいのに。いつも優《やさ》しくしてあげてるんだからさ。そういうこと、わかってないのかな。

結局《けっきょく》、夢占《ゆめうらな》いは、別《べつ》の日に見に行くことになった。

その夜、また夢《ゆめ》を見た。いつもと同じで、夢《ゆめ》だなんて気づかない。いつもと同じようにならばされ、前の子から引きずられていく。わたしは怖《こわ》くて怖《こわ》くて、こしをぬかす。小さな女の子がわたしの手をにぎりしめてくれる。全く同じだ。

でも、そこからがちょっと違《ちが》っていた。

わたしの番が来て、両腕《りょううで》をつかまれ、連《つ》れていかれそうになったときだ。

「助けて欲《ほ》しいか？」

ひげの兵士《へいし》が聞いた。

「助けてやってもいいぞ」

思いがけない言葉に、どう反応《はんのう》していいのかわからない。急に、なぜ？　ひげの兵《へい》士《し》は、にやりと笑《わら》った。

「ただし、誰《だれ》かと交代だ。身代わりを差《さ》し出すなら、おまえの命は助けてやろう。さあ、誰《だれ》を選《えら》ぶ？」

そう言って、フェンスの向こうの人々を指さした。町の人たちは、思いがけない展《てん》開《かい》に静《しず》まり返り、いっせいに顔をそむけた。

「誰《だれ》でもいいが、おまえと同じ子どもにしろ。子どもを選《えら》べ」

ドクン、ドクン、ドクン。

心臓《しんぞう》が大きく波打ち出す。誰《だれ》かを選《えら》ぶって……。身代わりを差《さ》し出せって……。そんな……そんな……。

「どうした。選《えら》ばないなら、身代わりは中止だ。殺《ころ》されるのはおまえだ」

まるで、わたしをもてあそんでいるようだ。

「いいんだな、それで」

わたしは、大きくかぶりをふった。

「あの子を！」

気がつくと、わたしは、フェンスの向こうの女の子を指さしていた。手をにぎってくれていた女の子だ。女の子は、信《しん》じられないという表情《ひょうじょう》で首を横にふっている。

「わかった」

ひげの兵士《へいし》が合図をすると、フェンスが開かれ、男が二人かけ足で女の子に近づいた。

「そいつを身代わりにすればいいんだな」

ひげの兵士《へいし》の言葉にわたしはうなずく。女の子は、そのままフェンスの中に入れられ、わたしの横を通り過《す》ぎていく。

「おまえは、許《ゆる》してやる。出ていっていい」

ひげの兵士《へいし》は、あごでとびらを指した。よかった。助かった。出ていこうとしたときだ。

左足をガッとつかまれた。ぎょっとして下を見ると、女の子が地面に横たわり、わたしの左足をにぎりしめていた。

「ひえっ」

ふり払《はら》おうとしてもはなれない。思わず、右足で女の子の腕《うで》をけった。二度、三度。そのうちの一発が女の子の顔にガツンとあたった。女の子は、手をはなし顔を押《お》さえた。そのすきに逃《に》げようとすると、

「ひっひっひ」

笑《わら》い声《ごえ》が聞こえた。ふり返ると、女の子がゆっくりと立ち上がるところだった。その顔は、さっきまでの天使のような女の子じゃなかった。目が大きく見開かれ、口は

裂《さ》けたようにびりびりとほほにまで広がっている。言葉をなくしているわたしに、女の子は言いはなった。

「わかった？　これがあんたの本性《ほんしょう》だよ」


そこで目がさめた。

背中《せなか》が汗《あせ》でびっしょりだった。目がさめても、恐《おそ》ろしさで、体の震《ふる》えが止まらなかった。

一番恐《おそ》ろしかったのは、同じ夢《ゆめ》を見続《つづ》けることでも、夢《ゆめ》の中で殺《ころ》されることでもなかった。自分が助かるために他人《たにん》の命を差《さ》し出す。それが、自分の本当の姿《すがた》だと知ってしまったこと。正義感《せいぎかん》も優《やさ》しさも、うわっつらだってことに気づいてしまったこと。

もう一度あの夢《ゆめ》を見たら、今度は身代わりなんて出さない。そう思うけれど、あれから同じ夢《ゆめ》は見ていない。

戻《もど》らずの森

緑川聖司《みどりかわせいじ》

「いってきまーす」

お昼ごはんのソーメンを食べ終わると、ぼくと浩《こう》ちゃんは、麦わら帽子《ぼうし》と虫取り網《あみ》を手にして、家を飛《と》び出した。

「森には入ったらあかんよ」

後ろから、おばあちゃんの声が追いかけてくる。

「はーい」

「暗くなる前に帰ってくるんやで」

「はーい」

返事をしながら門を出ると、浩《こう》ちゃんは家の前の坂道を駆《か》け出した。

「待ってよ、浩《こう》ちゃん」

ぼくはあわてて追いかける。

「なおちゃん、はよこんと、おいてくで」

坂のてっぺんで、浩《こう》ちゃんが振《ふ》り返って、大きく手を振《ふ》った。

その向こうには、抜《ぬ》けるような青空が見える。

五年生の夏休み。

ぼくは例年《れいねん》通り、お父《とう》さんの実家にやってきていた。

やかましいくらいのセミの声が、あたりをつつみこんでいる。

青々とした田んぼがどこまでも広がって、マンションに囲《かこ》まれた家のまわりでは、絶対《ぜったい》に見られない風景《ふうけい》だ。

坂道をのぼりきると、今度はへいたんな一本道が、田んぼの中を突《つ》き抜《ぬ》けていた。

「青とか紫《むらさき》の、めっちゃでっかい蝶《ちょう》が、いっぱいおったんや」

早足で歩きながら、浩《こう》ちゃんは興奮《こうふん》した口調でいった。

「今日《きょう》もいるかな」

ぼくが少し息を切らしながら、わくわくしていうと、

「絶対《ぜったい》おるはずや」

浩《こう》ちゃんは力強くいい切った。

浩《こう》ちゃんは、ぼくよりひとつ年上の六年生で、ぼくのお父《とう》さんのお兄《にい》さんの子ども
——つまり、ぼくのいとこにあたる。

一人《ひとり》っ子のぼくにとっては、お兄《にい》ちゃんみたいな存在《そんざい》だった。

浩《こう》ちゃんも一人《ひとり》っ子だったので、ぼくを弟みたいにかわいがってくれていた。

今日《きょう》は浩《こう》ちゃんに、珍《めずら》しい蝶《ちょう》がたくさんいる場所を教えてもらう約束《やくそく》をしていたのだ。

途中《とちゅう》の四《よ》つ辻《つじ》を右に曲がると、道はだんだん細くなって、山が近づいてきた。

田んぼの間のあぜ道を渡《わた》り、山に沿《そ》うようにして、さらに細い道を進むと、とつぜ

ん道が消えて、目の前に暗い森が現《あら》われた。

ぼくが、道を間違《まちが》えたのかな、と思っていると、

「こっち、こっち」

浩《こう》ちゃんは迷《まよ》いのない足取りで、森の中へと入っていった。

「この森の中にあるんや」

浩《こう》ちゃんの話によると、一週間ほど前、珍《めずら》しい蝶《ちょう》を追いかけて森の中に迷《まよ》いこんだとき、偶然《ぐうぜん》見つけたらしい。

「え？　でも……」

ぼくは足を止めた。

「ここって、〈戻《もど》らずの森〉じゃないの？」

〈戻《もど》らずの森〉というのは、この地域《ちいき》で、決して入ってはいけないといわれている森で、一度中に入ると二度と戻《もど》れないことから、そう呼《よ》ばれるようになったらしい。

だけど、浩《こう》ちゃんは呆《あき》れたように笑《わら》った。

「なおちゃん、五年生にもなって、まだそんなこと信《しん》じとるのか。見てみぃ。おれは

ちゃんと出てきてるやないか」

「それもそうだね」

たしかに、二度と出られないなら、一度入った浩《こう》ちゃんが出てきているのはおかしい。

ぼくたちは、激《はげ》しい陽射《ひざ》しから逃《のが》れるように、森の中に足を踏《ふ》み入れた。

森は、さっきまでのまぶしいくらいの明るさがうそのように、うす暗く、じめじめとしていた。

歩くにつれて、道をおおう草がどんどん深くなっていく。

不安《ふあん》になったぼくが、

「ねえ、ほんとにこっちでいいの？」

と聞くと、

「大丈夫《だいじょうぶ》。おれを信《しん》じろって」

浩《こう》ちゃんは力強く答えた。

だけど、どれだけ歩いても、開けた場所どころか、道らしきものも見えてこない。

前を歩く浩《こう》ちゃんが、だんだんイライラしてくるのが分かる。浩《こう》ちゃんは、いつもは優《やさ》しいんだけど、けっこう気が短いのだ。

困《こま》ったな、と思っていたぼくは、草むらの中にあるものを見つけて、足を止めた。

「浩《こう》ちゃん。見て」

それは、小さなお地蔵《じぞう》さまだった。

優《やさ》しく微笑《ほほえ》んだお地蔵《じぞう》さまが、背《せ》の高い草に隠《かく》れるようにして、ちょこんと立っている。

「お地蔵《じぞう》さんが、どないしたんや」

額《ひたい》の汗《あせ》をぬぐいながら、いらだった様子で顔をしかめる浩《こう》ちゃんに、

「だからさ……お地蔵《じぞう》さまがあるっていうことは、道は間違《まちが》ってないってことだよね？」

ぼくがそういうと、浩《こう》ちゃんの表情《ひょうじょう》がやっとやわらいだ。

「そうか。お地蔵《じぞう》さんがあるってことは、この道を通る人がおるってゆうことやもんな」

少し機嫌《きげん》の直った浩《こう》ちゃんは、また元気よく歩き出した。

しばらく歩いたところで、

「着いたぞ！」

浩《こう》ちゃんが大きな声を出して、ぼくを手招《てまね》きした。

浩《こう》ちゃんのとなりに並《なら》んで、目の前の風景《ふうけい》を見たぼくは、言葉を失《うしな》った。

森が少し開けた空間に、鮮《あざ》やかな青や緑や紫《むらさき》の蝶《ちょう》が飛《と》び回り、木の表面にはカブトムシやクワガタムシが集まっている。

ほかにも、トンボやバッタ、カマキリやテントウムシが、喧嘩《けんか》もせずに、仲良《なかよ》く暮《く》らしていた。

そこはまさに、昆虫《こんちゅう》の楽園だった。

この世のものとは思えないその光景《こうけい》に、どれくらい目を奪《うば》われていたのだろう。

ふと気がつくと、昆虫《こんちゅう》たちがぼくらを遠巻《とおま》きにして眺《なが》めていた。

なんとなく身の危険《きけん》を感じたぼくは、

「ねえ。そろそろ行こうよ」

と、浩《こう》ちゃんの袖《そで》を引っ張《ぱ》った。

「そうだな」

浩《こう》ちゃんも同じことを感じていたのだろう。

ぼくたちは、蝶《ちょう》一匹《ぴき》捕《つか》まえることなく、その場を立ち去った。


木々のおかげで、陽射《ひざ》しはさえぎられているけど、その分、蒸《む》し風呂《ぶろ》のようなじわりとした暑さが肌《はだ》にまとわりつく。

二人《ふたり》とも時計《とけい》を持っていなかったので、正確《せいかく》な時間は分からないけど、あの楽園をあとにしてから、少なくとも三十分以上《いじょう》は歩いているはずだ。

疲《つか》れてきたぼくが、そろそろ休憩《きゅうけい》したいなと思っていると、浩《こう》ちゃんがとつぜん足を止めた。

どうしたんだろうと思って、後ろからのぞきこむと、浩《こう》ちゃんの目の前に、さっきのお地蔵《じぞう》さまがあった。

「これって、さっきの……」

「そんなわけないやろ」

浩《こう》ちゃんが、ぼくの言葉をさえぎるようにしていった。

「それやったら、さっきの場所からほんのちょっとしか進んでないことになるやんか」

たしかに、お地蔵《じぞう》さまを見つけてから、あの場所に行くまで、ほんの二、三分しかかからなかったはずだ。

「もしかして、道に迷《まよ》ったのかな」

ぼくがさっきから不安に思っていたことを口に出すと、

「そんなことない。おれについてきたら大丈夫《だいじょうぶ》や」

浩《こう》ちゃんはそういって、さっきよりも速度を上げて歩き出した。

ところが、三分も歩かないうちに、また浩《こう》ちゃんが足を止めた。

おそるおそるのぞきこんで、ぼくは息を呑《の》んだ。

目の前に立っているのは、あのお地蔵《じぞう》さまだったのだ。

「これは違《ちが》うお地蔵《じぞう》さんや」

浩《こう》ちゃんは、自分に言い聞かせるようにつぶやいた。

「そうやないと、おれたち、おんなじところをぐるぐる回ってることになるやないか」

本当にそうなんじゃないかと思ったけど、恐《おそ》ろしくて、口には出せなかった。すると、

「なんや、こんなもん」

浩《こう》ちゃんは止めるひまもなく、お地蔵《じぞう》さまをけとばした。

お地蔵《じぞう》さまがぐらりとゆれて、穏《おだ》やかな顔が靴《くつ》の泥《どろ》で黒く汚《よご》れる。

ぼくが言葉を失《うしな》っていると、浩《こう》ちゃんはなにかを振《ふ》り切るように、おおまたで歩き出した。

あわてて後を追いかける。

空はだんだん暗くなってきて、いまが昼間なのか夕方なのかも、よく分からなくなってきた。

「ねえ……」

ぼくが声をかけようとしたとき、浩《こう》ちゃんが急に立ち止まって、ぼくはもう少しで背中《せなか》に鼻をぶつけるところだった。

「どうしたの？」

浩《こう》ちゃんのとなりに並《なら》んだぼくは、今度こそ、その場に凍《こお》りついた。

草むらの中に、お地蔵《じぞう》さまが立っている。

そして、その顔には見覚《みおぼ》えのある泥《どろ》がついていたのだ。

ぼくは、いま自分たちが歩いてきた道を振《ふ》り返った。

さっきお地蔵《じぞう》さまに出会ってから、一、二分しか経《た》っていない。しかも、まっすぐ歩いてきたのだから、同じところを回っているはずがなかった。

「ふざけんな！」

カッとなった浩《こう》ちゃんが、お地蔵《じぞう》さまの顔を思いきりけっとばした。すると、ゴキッ、と嫌《いや》な音がして、お地蔵《じぞう》さまの首が折《お》れ、丸い頭がドスンと落ちた。

次の瞬間《しゅんかん》、灰色《はいいろ》の頭が、まるで重力を無視《むし》するみたいに、ゴロンゴロンとこちらに転がってきた。

そして、ぼくたちの足元でぴたっと止まると、目と口がパカッと開いて、ニヤリと笑《わら》った。

ぼくたちは悲鳴をあげながら、虫取り網《あみ》を放《ほう》り出して、めちゃくちゃに走り出した。

木の枝《えだ》が顔に当たり、土に足をとられて何度も転びながらも必死《ひっし》で走っていると、とつぜんドスンと壁《かべ》のようなものにぶつかった。

顔を上げると、お坊《ぼう》さんのような黒い着物を着た男の人が、目の前に立っていた。

「大丈夫《だいじょうぶ》かい?」という優《やさ》しい声に、

「はい……」

ホッとして、その場に座《すわ》りこみそうになったぼくは、男の人の顔を見上げて、声にならない悲鳴をあげた。

その顔は、さっきのお地蔵《じぞう》さまとまったく同じ顔だったのだ。

男の人は、目をカッと見開いて両手を広げると、浩《こう》ちゃんを抱《だ》きしめた。

浩《こう》ちゃんは体中から力が抜《ぬ》けたように、その場にくたっと崩《くず》れ落ちた。

「この間は、迷《まよ》いこんだだけだったから、助けてあげたのに……」

男の人は残念《ざんねん》そうにそうつぶやくと、顔を上げて、ぼくを見つめた。

「ごめんなさい。もう森には入りません」

ぼくが後ずさりながら泣《な》き声《ごえ》をあげると、

「君は一度目だから、助けてあげよう。ただし、ここであったことを、誰《だれ》にも話してはいけないよ」

男の人は、笑顔《えがお》でそういった。

ぼくがガクガクと何度もうなずくと、男の人はぼくの前に立って、大きく両手を広げてぼくを抱《だ》きしめた。

目の前がまるで夜につつまれたように真っ暗になり、ぼくはそのまま眠《ねむ》りにつくように、意識《いしき》が遠くなっていった——。


気がつくと、ぼくはベッドに横たわっていた。

目を覚《さ》ましたぼくを見て、お母《かあ》さんがあわてて先生を呼《よ》びに行く。

ぼくは森の入り口に倒《たお》れているところを、探《さが》しに来た青年団《せいねんだん》の人に発見されたらしい。

診察《しんさつ》を終えると、ぼくはお母《かあ》さんに聞いた。

「浩《こう》ちゃんは？」

お母《かあ》さんは、悲しそうに首を振《ふ》った。

浩《こう》ちゃんは、まだ見つかっていないらしい。

ぼくは、浩《こう》ちゃんと一緒《いっしょ》に森に入ったことを話した。だけど、中で見たもののことは、何も話さなかった。

「あの森は、〈戻《もど》らずの森〉とゆうてなあ。中に入っていって、戻《もど》らんかったもんが、いままでに何人もおるんや」

お母《かあ》さんと入れ替《か》わりに病室にやってきたおばあちゃんが、ベッドのそばでりんごをむきながらいった。

ぼくは黙《だま》ってうなずいた。

きっと、あそこは人が足を踏《ふ》み入れてはいけない場所だったんだ。

「それにしても、よう戻《もど》ってこれたなあ」

おばあちゃんは目を細めていった。

「どうやって戻《もど》ってこれたんや？」

ぼくはちょっと迷《まよ》ってから、森に入ってからのことを簡単《かんたん》に話した。

昆虫《こんちゅう》の楽園のこと、浩《こう》ちゃんがお地蔵《じぞう》さまをけとばしたこと、黒い着物の男の人のこと……。

「そうか、そうか」

おばあちゃんは、にこにこしながら聞いていたけど、ぼくが話し終わると、ぼくの顔をのぞきこんで、ニターッと笑《わら》った。

その目がどんどん細くなって、お地蔵《じぞう》さまの顔になる。

ぼくが呆然《ぼうぜん》としていると、お地蔵《じぞう》さまはニコニコしながらいった。

「誰《だれ》にも話してはいけないっていっただろ」

ハッと目を覚《さ》ますと、ぼくは一人《ひとり》、森の中に立っていた。
額《ひたい》からつたう汗《あせ》が目に入って、ぼくはこれが現実《げんじつ》だと知った。

黒いビー玉

堀米《ほりごめ》　薫《かおる》

「新しいスニーカーを買いにいくんだ！」

小学五年生になったばかりのぼくは、わくわくしながら、父《とう》ちゃんの運転する車でとなり町をめざした。峠《とうげ》まで来た時のことだ。

「あ！　あれ何？」

「え、どうした？」

ぼくのさけび声におどろいて、父《とう》ちゃんが山ぎわに車をとめた。

急いで車の外に出た。道路のすぐそばには、山の合間を流れる、浅《あさ》い沢《さわ》があった。その沢《さわ》の中を、小さな動物がちょこまかと動き回っていたのだ。父《とう》ちゃんは、あきれたように言った。

「ありゃ、うり坊《ぼう》だな」

「うり坊《ぼう》？」

「ああ、イノシシの赤ちゃんだよ。背中《せなか》に模様《もよう》があるだろう？　昔からよく食べられていた、しまうりにそっくりなんだ。それで、うり坊《ぼう》とよばれるようになったのさ」

父《とう》ちゃんの言う通り、うり坊《ぼう》の背中《せなか》には、こげ茶色のしま模様《もよう》があった。長いまつ毛のあどけない顔に、小さなラグビーボールのようなころりとした体。

「かわいい！」

思わず、口元がほころんだ。

うり坊《ぼう》は、全部で四匹《ひき》いた。沢《さわ》の岸に身を寄《よ》せあいながら、きょろきょろとあたりを見回している。

ふと、そのうちの一匹《ぴき》に目がとまった。右耳に、三角の切れ目が入っている。

どうしたんだい？　ケガでもしたのか？

心の中でつぶやいたしゅんかん、そのうり坊《ぼう》がふいっと顔を上げた。目と目が合って、ぎくりとする。

うり坊《ぼう》は、不思議《ふしぎ》な目をしていた。まるで黒いビー玉をはめこんだように、つやつやとした光を放っていた。

うり坊《ぼう》たちは、沢《さわ》の反対岸に向かって走り出すと、またひとかたまりになった。どうやら、どこに行けばいいのか、わからないようすだ。

「ねえ父《とう》ちゃん、どうしてうり坊《ぼう》だけがうろうろしているの？　道に迷《まよ》っちゃったのかな」

「いや、きっと近くに、親がいるのさ。うり坊《ぼう》は好奇心《こうきしん》が強いから、気の向くままに出歩いて、遊んでいるだけだよ」

「でも、このまま放っておいて、沢《さわ》でおぼれちゃったら？」

「その時はその時だ」

「え〜、そんなのひどい。かわいそうだよ。沢《さわ》から助けてあげてよ」

「いいや、それはできない」

父《とう》ちゃんは、きっぱりと言った。

沢《さわ》の中では、あいかわらず、うり坊《ぼう》たちがうろうろしている。

耳の切れたうり坊《ぼう》が、またぼくの顔を見た。小さな黒い目にじっと見つめられると、「ここから助けてよ」と言われているみたいで、せつなくなった。

「陸《りく》、ほら、行くぞ！」

「う、うん……」

父《とう》ちゃんにせかされ、後ろがみを引かれるような思いで車に乗りこんだ。

スニーカーを買っての帰り道、うり坊《ぼう》たちがいた沢《さわ》の近くを通りかかった。車の窓《まど》ごしに沢《さわ》をのぞいてみると、すでにうり坊《ぼう》たちの姿《すがた》は消えていた。


それから二カ月ほどたった日のこと。ぼくは、学校から帰ると牛舎《ぎゅうしゃ》へ行った。ぼくの家は、牛を飼《か》う農家だ。家と牛舎《ぎゅうしゃ》が、裏山《うらやま》に囲《かこ》まれるようにしてたっている。父《とう》ちゃんが牛のお産《さん》で忙《いそが》しい時は、小学生のぼくも、牛に牧草《ぼくそう》をやる仕事をたのまれるのだ。

牛舎《ぎゅうしゃ》に入ったとたん、「え？」と目をうたがった。うり坊《ぼう》が四匹《ひき》、牛たちのそばに並《なら》んでいるではないか。

ぼくの気配に気づいたのか、一匹《ぴき》が、ふいっと顔を上げた。黒いビー玉のような目に、三角の切れ目が入った右耳。

あの時のうり坊《ぼう》！　よかった。生きていたんだ……。でも、なんでここにいるんだ？

ぼくは大急ぎで、父《とう》ちゃんのもとへ走った。

「たいへん！　今、牛舎《ぎゅうしゃ》にうり坊《ぼう》たちが来ているよ！」

すると父《とう》ちゃんは、チッと舌打《したう》ちをした。

「困《こま》ったな。牛のエサの味を覚《おぼ》えてしまう」

父《とう》ちゃんの後について牛舎《ぎゅうしゃ》にもどると、うり坊《ぼう》たちは、夢中《むちゅう》になって牛のエサを食べていた。そばに大きな牛がいるというのに、ちっともこわがる様子がない。父《とう》ちゃんが、そばにあったほうきをつかみ、大声を上げながらうり坊《ぼう》たちを追いたてた。

「こら〜！」

うり坊《ぼう》たちは、クモの子を散《ち》らすように逃《に》げだした。前に会った時よりも、体は大きくなったけれど、丸いおしりにぴんと立ったしっぽが愛《あい》らしい。

「父《とう》ちゃん、うり坊《ぼう》たちは、子どもだけでくらしているのかな」

「いいや、親は近くで様子を見ているはずだ。子どものほうがこわいもの知らずだから、牛舎《ぎゅうしゃ》の中まで入ってくるんだ。大人《おとな》のイノシシたちも、うり坊《ぼう》が安全なのを確《たし》かめたら、ここに入ってくるつもりなのさ」

「え〜、そうなの？」

ぼくは、うり坊《ぼう》たちが飛《と》びこんでいった茂《しげ》みに、おそるおそる近づいてみた。大人《おとな》のイノシシたちは、こちらの様子をじっと見ているのだろうか。

とつぜん、茂《しげ》みがガサリと音を立てた。

まさか、大人《おとな》のイノシシ？

心臓《しんぞう》がドクンとはね上がった。

「うわあ〜」

ぼくは、つんのめるように走って、牛舎《ぎゅうしゃ》にもどった。

その後、うり坊《ぼう》たちは、父《とう》ちゃんの大声におそれをなしたのか、ぴたりと牛舎《ぎゅうしゃ》に現《あらわ》れなくなった。

夏休みに入って、間もなくの頃《ころ》。ぼくは、父《とう》ちゃんの車で、となり町に買い物に出かけた。峠《とうげ》が近づいた時、父《とう》ちゃんがギュッとブレーキをふんだ。ガクンと車が止まる。

「な、何？」

思わず、目を見張《みは》った。大人《おとな》のイノシシが、こちらに向かって走ってくる。キバが生え、肩《かた》の筋肉《きんにく》が盛《も》り上がり、全身が灰色《はいいろ》の毛でおおわれたイノシシ。背《せ》には、ブラシの毛のような、黒いたてがみがゆれていた。

「でかいな……。大人《おとな》の雄《おす》だ」

父《とう》ちゃんが、ハンドルをにぎりしめながら、うなるように言った。

イノシシは、うり坊《ぼう》と同じように、黒いビー玉のような目をしていた。毛むくじゃらの顔の中にうもれてしまいそうな、小さい目なのに、するどい視線《しせん》に背中《せなか》がぞくりとした。

イノシシは、ぼくたちの車に気づいたのか、山の茂《しげ》みの中に飛《と》びこんでいった。父《とう》ちゃんが再《ふたた》び車を発進させると、何事もなかったかのように、いつもの景色《けしき》にもどっていた。

季節《きせつ》が秋になると、牛舎《ぎゅうしゃ》の周《まわ》りで、困《こま》ったことが起きるようになった。

「くそ~、やられちまったよ」

父《とう》ちゃんは、エサ用の穀物《こくもつ》をロール状《じょう》に巻《ま》いてビニールでくるみ、牛舎《ぎゅうしゃ》のそばに積《つ》み上げていた。イノシシがビニールをやぶき、中のエサを食い荒《あ》らしていったのだ。

「うわあ、ひどい!」

イノシシにかじられたエサは、ひとつだけでなく、いくつもあった。

父《とう》ちゃんは、すぐに柵《さく》を作り、その中にエサを移《うつ》した。鉄のパイプと厚《あつ》い板を組み合わせた、がんじょうな柵《さく》だ。

「これなら、イノシシに食べられないよね」

「まあな」

父《とう》ちゃんが、苦い顔で笑《わら》ったわけは、すぐにわかった。

数日後の朝、畑の風景《ふうけい》がいつもとちがうことに気がついた。いたるところで土がひっくり返っていたのだ。父《とう》ちゃんが耕《たがや》してくれて、母《かあ》ちゃんといっしょに、春に食べる野菜《やさい》の種《たね》をまいておいたはずなのに……！

母《かあ》ちゃんが、まゆをひそめた。

「イノシシが掘《ほ》り返したのね」

「どうして？　ここにはもう、トウモロコシもイモだってないのに」

「イノシシは、土の中のミミズを食べるのよ。ミミズがたくさんいるってことは、良《よ》い土だってことなんだけどね……」

母《かあ》ちゃんはそう言って、ためいきをついた。

そして、次の朝。学校へ行こうと玄関《げんかん》を出たとたん、足が止まった。目の前の土が雑草《ざっそう》ごと、まるでカーペットをはがしたように、べろりとまくり上げられていたのだ。

「うわあ、これ、何？」

「イノシシよ。夜の間に、鼻で掘《ほ》り起こしていったのね。家のすぐ近くまで来ていたなんて……！」

母《かあ》ちゃんは、首をすくめた。

学校から家に帰ると、母《かあ》ちゃんと父《とう》ちゃんが、台所でひそひそと話していた。

「このままでは、被害《ひがい》が増《ふ》えるばかりだ。なんとか手を打たなければな」

うり坊《ぼう》の、あどけない顔がよみがえった。

かわいいうり坊《ぼう》がやったんじゃないよ。大人《おとな》のイノシシたちの仕業《しわざ》に、きまっている。でも、手を打つってどういうこと？

胸《むね》の底《そこ》からせり上がってくる不安《ふあん》を、ぼくは、必死《ひっし》で打ち消そうとした。

ランドセルを置《お》き、友だちのところに遊びに行こうとすると、母《かあ》ちゃんが、玄関《げんかん》まで飛《と》んできた。

「陸《りく》、あちこちでイノシシが出ているの。暗くなる前に、必《かなら》ず家に帰ってくるのよ」

「うん、わかった」

いつものように自転車にまたがって家を出たものの、すぐに心細くなった。友だちの家に行くには、山の中の道を通る。今までは平気で通り過《す》ぎていたのに、風で茂《しげ》みがガサガサとゆれるたびに、何かが飛《と》び出してきそうで、ぎくりとした。

冬が近づいた頃《ころ》、ついにあの日がやって来た。日曜日の朝、父《とう》ちゃんがきびしい声で言った。

「陸《りく》、イノシシがつかまったぞ」

「え？」

父《とう》ちゃんは、牛舎《ぎゅうしゃ》のそばに箱型《はこがた》の罠《わな》をしかけていた。おりの中にエサを置《お》き、エサを食べたとたん、扉《とびら》が閉《と》じて逃《に》げられなくなる仕組みだ。なかなかイノシシがかからず、あきらめかけていたところだった。

「大きさからすると、今年《ことし》の春に生まれたイノシシのようだ。陸《りく》も、見に行くか？」

「う、うん……」

まさか、あのうり坊《ぼう》？

それを確《たし》かめたくて、父《とう》ちゃんの後についていった。

おりの中にいたイノシシを見て、はっと息をのんだ。背中《せなか》のしま模様《もよう》は消え、体全体が灰色《はいいろ》のごわごわした毛におおわれていた。でも、右の耳に、三角の切れ目が入っている。ぼくが春に会った、うり坊《ぼう》だった。

そこに、トラックに乗って猟師《りょうし》さんがやって来た。父《とう》ちゃんと猟師《りょうし》さんは、何やら相談を始めた。ぼくは、おりの中のイノシシに向かって、そっと声をかけた。

「うり坊《ぼう》、なんでつかまっちゃったんだよ」

かわいそうに……。今なら、おりのカギを外せるかもしれない。父《とう》ちゃんたちが見ていないすきに、こっそり逃《に》がしてやろうか。

ふらりと、おりに一歩近づいたとたん。

ガシャン！

はげしい音がして、おりがきしんだ。イノシシの全身の毛が、ぶわっと逆《さか》だっていく。

ぼくは、自分の顔からすうっと血の気が引くのを感じていた。

ガシャン！　ガシャン！

イノシシは、ぼくをめがけて、くりかえし突進《とっしん》してきた。イノシシの黒い目は、ぎらぎらとした光を放ち、すさまじいまでの怒《いか》りと憎《にく》しみにあふれていた。
殺《ころ》してやる！　お前をつき殺《ころ》してやる！
イノシシの目が、そう言っていた。
ガシャン！　ガシャン！
このままじゃ、おりがこわれる！　おりがこわされたら、ぼくはイノシシに殺《ころ》される！
うわあ～、た、助けて！
後ずさりしようにも、体が動かない。おそろしさのあまり、腰《こし》が抜《ぬ》けそうになった時！
「おい、陸《りく》！」
父《とう》ちゃんがかけよって、ぼくを両腕《りょううで》でだきとめてくれた。
「おりが、おりが、こわされちゃうよ……」
声をふるわすぼくに、父《とう》ちゃんは落ち着いた声で言った。
「そうだな。もっと体の大きなイノシシなら、このぐらいのおりは、やぶるかもしれ

ガシャン

ないな」

父《とう》ちゃんは、ぼくの背中《せなか》をなでながら話を続《つづ》けた。

「今から、猟師《りょうし》さんにイノシシを撃《う》ってもらう。陸《りく》は見ないほうがいいだろう。家にもどるか？　それとも、母《かあ》ちゃんと牛舎《ぎゅうしゃ》の中にいるか？」

ぼくは、おずおずと答えた。

「牛舎《ぎゅうしゃ》の中にいる……」

イノシシが撃《う》ち殺《ころ》されるところなど、おそろしくて見ることはできない。でも、イノシシの死を確《たし》かめなければ、ぼくの体にきざみこまれた恐怖《きょうふ》は、消えないだろう……。

ぼくは母《かあ》ちゃんにだきかかえられながら、牛舎《ぎゅうしゃ》の中でその時を待った。じっとうずくまっていても、心臓《しんぞう》のドクドクという音が少しずつ速くなっていく。

バーン！

銃《じゅう》の音に、体全体がびくっとゆれた。いっしゅんの間をおいて、身の毛もよだつようなうなり声が聞こえた。

グオ～オ～オ～。

母《かあ》ちゃんが、ぼくをだく手にぎゅっと力をこめた。怒《いか》りと憎《にく》しみに燃《も》える、黒いビー玉のような目がよみがえる。ぼくは、ふるえる手で耳をふさいだ。

続《つづ》いてもう一発、かすかに銃《じゅう》の音がした。

バン！

ぼくは、必死《ひっし》で耳を押《お》さえ続《つづ》けた。

「陸《りく》、もういいぞ」

父《とう》ちゃんの声がして、母《かあ》ちゃんが手をゆるめた。おそるおそる外に出ると、おりの中にイノシシの姿《すがた》はなく、代わりに、赤く大きな血だまりだけが残《のこ》っていた。血の匂《にお》いが鼻を打ち、はきけがむうっとこみ上げた。

「青い顔をしているな。大丈夫《だいじょうぶ》か」

父《とう》ちゃんが、ぼくの肩《かた》をだいた。

「かわいそうだと思うかい？　だがな、野生とともに生きるには、時として食うか食われるかのきびしい面もあるんだよ」

「うん……」

その時、遠くの茂《しげ》みで、ガサガサッと何かが動く音がした。

ぼくにはわかった。黒いビー玉のような目が、こちらをじっと見つめていたことを。

長い沈黙《ちんもく》

たからしげる

そのときは感じなかった恐怖《きょうふ》が、ときをへた後に不意《ふい》によみがえってきて、心をふるえ上がらせることとって、あるものです。

一つ年のはなれた兄が小学生になった年の春でした。ぼくたち一家は、都心にある駅前団地《だんち》に引っ越《こ》しました。空き家の抽選《ちゅうせん》にあたったのです。

新しい家は、地上四階だて鉄筋《てっきん》コンクリート造《づく》りの集合棟《とう》の二階でした。

和室の六畳《ろくじょう》と四畳半《よじょうはん》と、台所と水洗《すいせん》トイレとベランダがついた２Ｋという間取りは、四人家族にとって決して広くはありません。でも、駅にも、兄がかよい始めた小学校にも近くて便利《べんり》でした。

兄につづいて、ぼくも小学校に上がった年の夏休みでした。父がいきなり荷造《にづく》りを始めると、家をでていきました。

「父《とう》さん、どこいっちゃったの？」

家の中にあった、父が使っていた家具や本や身のまわりの品がほとんど消えてしまった四畳半《よじょうはん》に立って、ぼくは母にききました。

「お仕事が忙《いそが》しくなったから、ほかにお家をかりて、でていったのよ」

「ふーん、そうなんだ」

とはいえ、ぼくには母の説明《せつめい》がよくわかりませんでした。でも、それ以上《いじょう》きくと、なぜか母をこまらせるような気配を感じて、わかったふりをしていたのかもしれません。

「家ん中が広くなったんだから、いいじゃないか」

兄は、肩《かた》をすくめていいました。

ふしぎな足音を家の中できいたのは、それからまもなくでした。

ぼくと兄は、父が使っていた四畳半《よじょうはん》を自分たちの部屋《へや》にして、夜もそこにふとんをしいて寝《ね》ていました。

ある日の早朝でした。窓《まど》の外はまだうす暗いころあいです。ぼくは目をさましました。枕《まくら》もとで足音がしたのです。

ひたひた、ひたひた……。

「え」

となりのふとんには、兄がかけぶとんを半分はねのけて、ぐっすり眠《ねむ》っています。ふすま一枚《いちまい》へだてた六畳間《ろくじょうま》のふとんには、母が寝《ね》ているのがわかりました。ときどき、軽いいびきもきこえます。

「……だれ？」

最初《さいしょ》は、父がこっそり帰ってきたのかもしれない、と思いました。畳《たたみ》をふんで歩く足音といっしょに感じとれたのは、かすかなたばこのにおいだったからです。

父は一日に何十本もたばこを吸《す》う人で、いっしょに暮《く》らしているときは、夜遅《よるおそ》く会

ぴた
ぴた
ぴた

社から帰ってくると、家の中はたちまちたばこの煙《けむり》でもうもうとなりました。
父がいなくなって、朝と夜のたばこの煙《けむり》もいっしょに消えてなくなると、残《のこ》された
ぼくたち三人家族は、どこかくつろいだ気分になったものです。
「父《とう》さん？」
ぼくが呼《よ》ぶと、となりで寝《ね》ている兄が目をあけて、いいました。
「ねぼけてんのかよ」
また寝《ね》てしまいました。
ぼくは、ふとんの中で耳をすませました。
窓《まど》の向こうから、近くの駅に入ってくる電車の音がきこえてきました。
足音はもうしません。たばこのにおいも、消えていました。
――きっと夢《ゆめ》だったんだ。それとも、上の階の住人がたてた音だったのかもしれない。
そのときは、そう思っただけでした。
夢《ゆめ》でにおいを感じるなんて、おかしなこともあるものです。

ところが、その後も家の中のふしぎな足音は、ふとしたころあいに、どこかからきこえてくるのです。

寝《ね》ているときだけではありません。小さなため息が混《ま》じることもありました。そんなときは必《かなら》ず、うっすらとしたたばこのにおいがいっしょです。

しかも、そうした音やにおいを感じるのはどうやら、ぼくひとりだけのようでした。

「いま、足音みたいなの、きこえた？」

「上の階の人じゃないの」

母はいいました。

「たばこのにおいがする」

「おまえ、鼻がおかしいんじゃないのか」

兄はそういって、笑《わら》いました。

だれもいない台所やベランダ、玄関《げんかん》、しめきったふすまの向こう側《がわ》、押《お》し入《い》れの中などから、かすかなたばこのにおいをともなってきこえてくる足音や、ときに混《ま》じる小さなため息は、いつもわずかなあいだに、消えてなくなりました。

「兄《にい》ちゃん、いま、ため息ついたでしょ」

「ため息なんかついてないぞ」

「つかなかった？」

「おまえ、耳の検査《けんさ》でもしてもらえよ」

よく考えたら少し怖《こわ》い話なのですが、そのころのぼくは、そうしたふしぎを、あまり怖《こわ》いとは思いませんでした。

気がついたときにはすぐに消えているし、その現象《げんしょう》そのものがぼくに何か害《がい》をもたらしているわけでもなかったからです。

そのうち、ぼくはそんなわずかなあいだに起きる現象《げんしょう》を、とりたてて気にする必要《ひつよう》もないじゃないか、と思うようになりました。

子ども時代は遊びが忙《いそが》しくて、ささいなことにこだわっている時間はなかったのです。

兄が五年生、ぼくが四年生になった年の春でした。ぼくたち団地《だんち》の子どもたちは、それまでただ無計画《むけいかく》に集まってはボールを投げ、バットをふって遊んでいた野球を、もっと本格的《ほんかくてき》に楽しもうと思い立って、草野球チームを結成《けっせい》しました。チーム名は、ラッキーパールズといいました。「幸運な真珠《しんじゅ》たち」という意味です。毎週、日曜日になると、ぼくたちはチームメイトと声をかけ合って、団地《だんち》から電車の線路をまたいだ北のほうにある警察《けいさつ》大学校のグラウンドに、試合《しあい》をしにいきました。

その日、たまたまその場所のどこかで野球の練習をしている、よその子どもたちのチームをみつけて、試合《しあい》を申しこむのです。試合《しあい》をして勝った日も、負けた日も、ぼくたちは元気いっぱいに帰ってきました。

「きょうの相手のピッチャーのタマ、けっこう速いほうだったよな」

ぼくと同学年で、団地《だんち》の一号棟《とう》の三階に住んでいる村山《むらやま》くんが、後ろから軽い足音をたてて追いかけてきて、いいました。

ポロシャツに半ズボン姿《すがた》です。かぶっている野球帽《やきゅうぼう》だけが、全員おそろいです。

「うん。だけど、あのピッチャーよりきみのタマのほうがずっと速かったよ」

村山《むらやま》くんは、きょうの試合《しあい》でマウンドに立って、完封勝利《かんぷうしょうり》をものにしたのです。

「まあな。そうか」

まんざらでもなさそうにいってうなずく村山《むらやま》くんに、ぼくはたったいま耳にした足音がきっかけになったのでしょうか、きいていました。

「ぼくんち、だれもいないのに、へんな足音が急にきこえるときがあるんだ」

その日の朝方も、ぼくは久《ひさ》しぶりに、その現象《げんしょう》を体験《たいけん》していました。だれかがトイレからでてきて、ドアをぱたん、としめて、部屋《へや》に入ってくるような足音です。小さなため息もきこえたような気がしました。

もちろんそのときは、家族のだれもトイレなんか使っていません。

「はあ?」

村山《むらやま》くんが応《おう》じて、ぼくはつづけました。

「そのときには、ため息がきこえるときもあるんだ。でも、何だこれって思ったときはもう、足音もため息も消えてる」

「上の階の足音じゃないのか」

「じゃなくて、家の中なんだ」

「自分の足音と、自分のため息だろ」

「ちがうって。みんなが寝《ね》てるときでも、いきなりきこえてくるんだから。それに、うっすらとたばこのにおいもするんだ」

「たばこのにおいかよ」

村山《むらやま》くんはいってから、ちょっとだまりました。何か考えているみたいです。

「うち、母《かあ》さんはたばこ吸《す》わないし。父《とう》さんはもう、いっしょに住んでないだろ」

「ああ、そうだったな」

父が家をでていったのは、仕事が忙《いそが》しくなったからではありませんでした。よその女の人とひそかに暮《く》らすためだったのです。

でも、このときのぼくは、真相をまだあまりよくわかっていませんでした。

「ふとしたときにきこえる、あやしい足音とため息と、たばこのにおいなんだ」

村山《むらやま》くんは何もいいませんでした。いえるわけもありません。ぼくにだって、よくわからない現象《げんしょう》なのですから。

「まあ、いいんだけどさ」

この話はここまで、と思ったとき、村山《むらやま》くんがまたいいました。

「たばこのにおいかよ……」

そのとき、線路ぞいの道をいっしょにぞろぞろ歩いていたチームメイトのだれかが、後ろのほうから村山《むらやま》くんを呼《よ》びました。

この話はそこで、ほんとうに終わりになりました。


歳月《さいげつ》が流れました。

子ども時代はいつのまにか、遠い昔の記憶《きおく》のかなたに追いやられていました。

大人《おとな》になったぼくは、仕事をもち、結婚《けっこん》して、それまで住んでいた駅前団地《だんち》から引っ越《こ》して、べつの家に住んでいました。

兄も同じでした。

父は、とっくの昔に亡《な》くなっていました。

年をとって足腰《あしこし》がどんどん弱り、団地《だんち》でのひとり暮《ぐ》らしができなくなった母は、兄の家の近くにある老人介護施設《ろうじんかいごしせつ》で、新しい生活を始めていました。

ぼくが子どものころ、母や兄といっしょに暮《く》らした都心の駅前団地《だんち》の家にはもう、だれも住んでいません。

ある日、ぼくは幼《おさな》なじみの村山《むらやま》くんと、久《ひさ》しぶりに食事をしました。

村山《むらやま》くんもいまはもう、仕事をもって、結婚《けっこん》して、駅前団地《だんち》の住人ではありません。

「子どものころの団地《だんち》生活はよかったなあ」

食後のコーヒーを飲みながら、村山《むらやま》くんがいって、小さなため息をつきました。

「何だよ、いまのため息は」

「昔はつくづく、よかったってこと」

「一日が、すごく長かったしね」

「長くて、楽しくて、おもしろかったな」

「何だってできる気がしたよ」

このぼくも、思わずため息をつきました。とたんに思いだしました。

「そういえば、話したことなかったっけ」

「何の話？」

「ふしぎな足音と、たばこのにおいと、ときどき混《ま》じっていた、小さなため息の話」

ぼくは話しました。駅前団地《だんち》のあの家で、子どものころ、ぼくにだけしか感じられなかったふしぎな現象《げんしょう》のことを。

その現象《げんしょう》は、ぼくが高校生のころまで、忘《わす》れたころになると必《かなら》ず起きていたような気がします。でも、それ以降《いこう》はなぜか、ぴたりと止《や》んだみたいで、大人《おとな》になってからの記憶《きおく》は一つも残《のこ》っていないのです。

村山《むらやま》くんは、昔にくらべるとだいぶ広くなってきたひたいにしわを寄《よ》せました。

「待てよ。前にもそんな話、きいたっけ」

こんなひみつを打ち明けてくれました。

「いまだからいえる話なんだ。おまえの家は二二六号室だったよな。あの家、おまえが引っ越《こ》してくる前は空き家だったけど、どうして空き家になったかといえばだな」

「うん」

「最初《さいしょ》は若《わか》い夫婦《ふうふ》が住んでたんだ。でも、奥《おく》さんのほうが逃《に》げちゃったらしくて、だんながひとり暮《ぐ》らしになったんだ。そのだんな、きっとさみしかったんだろうな。あの家で自殺《じさつ》したんだよ、首をくくって」

「うそ」

村山《むらやま》くんが住んでいた一号棟《とう》の三階の家のベランダから、ぼくが住んでいた二号棟《とう》の二階の家は、あいだにある広場をはさんでよくみえるのです。

「おれがまだ小学校に入る前だけど、団地《だんち》に救急車《きゅうきゅうしゃ》が入ってきて、おまえんちの階《かい》段《だん》の前で止まったんだ。おれはたまたまベランダにいて、救急車《きゅうきゅうしゃ》の動きをずっとみていた」

ぼくはうなずくしかありません。

「白っぽい服にヘルメットをかぶった救急隊員《きゅうきゅうたいいん》が二人、おまえんちまで階段《かいだん》を上っていくと、担架《たんか》に人を乗せて降《お》りてきたんだ。運ばれてきた人には毛布《もうふ》がすっぽりかぶせてあったから、顔はみえなかったけど」

ぼくたち一家が引っ越《こ》してくる前の出来事を、村山《むらやま》くんはよくおぼえていました。

「あとになって知ったんだが、自殺《じさつ》したそのだんな、もとから作家になるのが夢《ゆめ》だったそうだ。毎日家にこもって書きものばかりしていて、たばこをブカブカ吸《す》っていたらしい」

思いどおりの原稿《げんこう》が書けないとき、家の中をぐるぐる歩き回って、ため息を何度もついて、たばこの煙《けむり》をまき散《ち》らす……。

ぼくの頭の中に、そんな、昔の作家にありがちなイメージがわき起こりました。

「どうして教えてくれなかったんだ」

「そんなこと、新しく入居《にゅうきょ》してきた人にだれが教える？　おれも母親から、ぜったいに教えるなって、ずっと釘《くぎ》をさされていたんだ」

村山《むらやま》くんはさらにいいました。

「でも、おまえの母《かあ》さんは知ってたんだぞ。で、おまえたち兄弟《きょうだい》が高校生だったときだったかな。家にこっそり坊《ぼう》さんを呼《よ》んで、お祓《はら》いをしてもらったんだ」

ぜんぜん知りませんでした。たぶん兄も、そんなことは知らないはずです。

村山《むらやま》くんはコーヒーを一口すすると、しみじみとした顔になって、いいました。

「それで、その現象《げんしょう》は消えてなくなったみたいだな。そんなゆうれいがおまえの家にとりついていたとしても、おまえの母《かあ》さんだって毎日、そいつと同じくらいつらい思いをしながらがんばって生きているのを知って、退散《たいさん》していったのかもしれないぞ」

ぼくも兄も、まだ子どもでした。母がひとりで背負《せお》っている苦労《くろう》や悲しみを、完全《かんぜん》に理解《りかい》することはできませんでした。

兄はともかく、母もまた、ぼくと同じように、家の中でゆうれいがたてる足音や、ため息や、たばこのにおいに気がついていたことを、そのときぼくは初《はじ》めて知ったのです。

年老《としお》いた母を、もっともっと大切にしてあげなければと、ぼくは改《あらた》めて思いました。

まぶたが落ちるのよ

藤咲《ふじさき》あゆな

私《わたし》は少し不思議《ふしぎ》な能力《のうりょく》を持っています。
どんな力なのかというと、霊的《れいてき》または磁場《じば》が悪いなどの条件《じょうけん》のある場所に行くと、
背中《せなか》になにかに乗っかられたように、ずどーんと重く感じたり、まぶたが重くなって
半分、目が開かなくなったりするのです。
目が開かなくなる現象《げんしょう》は、「空室」に入ったときに多く起こります。
私《わたし》はそれを「まぶたが落ちる」とよんでいます。

作家をしながら専門学校《せんもんがっこう》で小説《しょうせつ》を教えていた頃《ころ》、生徒《せいと》たちが卒業《そつぎょう》後などに部屋《へや》を借《か》りる際《さい》、よく〝探知機《たんちき》〟として一緒《いっしょ》に不動産屋《ふどうさんや》に行き、いろんな物件《ぶっけん》を見て回ったことがあります。

「A君、ここダメだよ。まぶたが落ちる」

「うわ、じゃあ、やめます」

という具合です。

自分でもこの能力《のうりょく》をちょっとおもしろいと思ったことがあって、不動産屋《ふどうさんや》でアルバイトをしたこともあります。

もちろん、お客さんに気味悪がられると困《こま》るので「まぶたが落ちる」などとは言わず、「意外と壁《かべ》が薄《うす》いですね」とか「今の時間は静《しず》かですが、夜はかなりうるさいですよ？」などと言って、違《ちが》う物件《ぶっけん》をオススメしたりしていました。大家さんからすれば、私《わたし》はとんでもない不動産屋《ふどうさんや》だったのでしょうが……。

まあ、そんなわけで、私《わたし》がこの能力《のうりょく》を意識《いしき》することになった、大学生の頃《ころ》のお話です。

＊　＊　＊

同じ大学のサークルで地方出身のE子が「やっぱり大学の近くに引っ越《こ》す」と言い出して、部屋探《へやさが》しに付《つ》き合うことにしました。

私《わたし》はもともとアパートやマンションの間取り図を見るのが好《す》きで、よく家のポストに入っているチラシを眺《なが》めては、「このキッチンは使い勝手が良《よ》さそう」などと、あれこれ分析《ぶんせき》して楽しんでいました。

けれど、ずっと実家暮《ぐ》らしで、両親が他《ほか》に家を買って引っ越《こ》す予定などまるでなかったので、実際《じっさい》に空き物件《ぶっけん》を見る機会《きかい》はありませんでした。

ですので、そんな私《わたし》にとって、E子の部屋探《へやさが》しは絶好《ぜっこう》の機会《きかい》だったのです。

「やっぱり、ワンルームって狭《せま》いね」

「ユニットバスより、お風呂《ふろ》とトイレは別《べつ》がいい！」

「あ、ここ、ロフトが付《つ》いてるよ」

などと、ふたりでわくわくしながら不動産屋《ふどうさんや》の前でガラスの窓《まど》に貼《は》られた物件《ぶっけん》を物色しましたが、良《よ》い部屋《へや》というのは、それなりに家賃《やちん》も高く……。

結局《けっきょく》、家賃《やちん》に見合う部屋《へや》をいくつか案内《あんない》してもらうことになり、私《わたし》はE子にくっついて実際《じっさい》に物件《ぶっけん》を見ることになったのです。

その日は不動産屋《ふどうさんや》の営業《えいぎょう》マンの案内《あんない》で、木造《もくぞう》アパートを三軒《げん》、見て回りました。

一軒《けん》目は交通量《こうつうりょう》の多い国道の脇《わき》、二軒《けん》目は小学校の裏《うら》、三軒《げん》目は閑静《かんせい》な住宅街《じゅうたくがい》の中でした。一軒《けん》目は国道の脇《わき》で騒音《そうおん》が気になり、二軒《けん》目は「子どもたちのいない夜や夏休みは静《しず》かですよ？」と言われても「大学生は午前中、授業《じゅぎょう》がない日もあるので論外《ろんがい》だ」ということで、三軒《げん》目を見に行くときには、E子の気持ちは早くもこの物件《ぶっけん》に傾《かたむ》いていました。

行ってみると、三軒《げん》目は二階建《だ》てで、上下合わせて八部屋《へや》。ここは住宅街《じゅうたくがい》のどん詰《づ》まりにあり、とても静《しず》かでした。

「お客さん、運がいいですよ。今、ちょうど角部屋《かどべや》が空いてるんです」

案内《あんない》されたのは、一階の奥《おく》の角部屋《かどべや》でした。

玄関《げんかん》を入ってすぐ右側《みぎがわ》がミニキッチンで、向かい側《がわ》のユニットバスとに挟《はさ》まれた小さな廊下《ろうか》を進むと、奥《おく》に畳《たたみ》の部屋《へや》がありました。

畳《たたみ》の部屋《へや》に入ったとたん、私《わたし》はなぜか背中《せなか》が重くなり、まぶたまで重くなって半分落っこちてしまいました。

(なんだろ、疲《つか》れでも溜《た》まってたかな。最近《さいきん》、バイト忙《いそが》しくて寝不足《ねぶそく》だし……)

まぶたが重いのは眠《ねむ》くなったせいだと思っていると、部屋《へや》を見回していたE子が「あれ?」と首を傾《かし》げました。

「床《とこ》の間《ま》なんて珍《めずら》しいですね」

訊《き》いてみると、昔、大家さんが自宅《じたく》を壊《こわ》してこのアパートを建《た》てる際《さい》、自分が住む部屋《へや》にするため、掛《か》け軸《じく》や活《い》け花《ばな》を飾《かざ》りたくて特別《とくべつ》に造《つく》ったという話でした。

「それで、大家さんは今、どこに?」

「何年か前に老人《ろうじん》ホームに入って、今は遠くに住んでいる息子《むすこ》さんが大家になっています。この床《とこ》の間《ま》にタンスやドレッサーなどを置《お》くと、お部屋《へや》が広く使えますよ」

安い上に広いこの部屋《へや》の難点《なんてん》といえば、女子的《てき》には一階にあるということですが、古いわりに防犯《ぼうはん》システムは大家さんがお年寄《としよ》りでしかも女性《じょせい》だったこともあり、完璧《かんぺき》に施《ほどこ》されているということでした。

「この部屋《へや》いいよね！　広いし、バス停《てい》もコンビニも近いし。今まで見た中で、やっぱりいちばんいい！」

E子はもうすっかり乗り気です。

けれど、私《わたし》にはひとつ気になることがありました。それは、窓《まど》の向こうに土留《どど》めをしたコンクリートの壁《かべ》が迫《せま》っているということでした。

「でも、日当たりが悪そうだよ？」

「うーん……でも一日中、この部屋《へや》にいるわけじゃないし」

するとと、不動産屋《ふどうさんや》さんが、

「窓《まど》の向かいに、他《ほか》の住宅《じゅうたく》の窓《まど》や玄関《げんかん》が見えないのはいいですよ。住宅密集地《じゅうたくみっしゅうち》はそういった物件《ぶっけん》も多いですから。あれ、意外とストレスに思う方、多いんですよね」

と言ったので、このひとことが決め手となってE子はさっそく契約《けいやく》し、翌月《よくげつ》の頭から住むことになったのです。

引《ひ》っ越《こ》し作業は私《わたし》も手伝《てつだ》いました。

「E子、私《わたし》、段《だん》ボール捨《す》ててくるね」

「うん、お願《ねが》い」

食器《しょっき》や洋服をしまうのに忙《いそが》しいE子に代わり、私《わたし》は梱包材《こんぽうざい》や段《だん》ボールの処分《しょぶん》をするため、外に出ました。そうして、地域《ちいき》の集積所《しゅうせきじょ》にゴミを捨《す》てて帰ってきたときのことです。

「あ……こんにちは」

E子の隣《となり》の部屋《へや》から男の人が出てきたので、私《わたし》はあいさつしました。男の人は人付《ひとづ》き合《あ》いが苦手なタイプなのか、下を向いたまま、私《わたし》を無視《むし》して横を通り過《す》ぎていきます。前髪《まえがみ》が長く、性格《せいかく》も暗そうです。

（感じ悪いなー）

と思いながら、部屋《へや》に入る前に振《ふ》り返りましたが、通路にはすでにその男の人の姿《すがた》はありませんでした。

（え？　意外と足、速い？）

玄関先《げんかんさき》で私《わたし》が首をひねっていると、E子の声がしました。

「ごめーん、そこに積《つ》んだ段《だん》ボールも捨《す》ててきてくれる？」

「うん、いいけど。ねえ、今、隣《となり》の人に会ったよ。男の人が住んでるんだね」

「そうなの？　この前、契約《けいやく》しに行ったとき、不動産屋《ふどうさんや》さん、隣《となり》も空き部屋《べや》だって言ってたけど、私《わたし》より先に入ったのかな」

「あー、そっか、そうかもね」

「じゃあ、あとであいさつに行かなきゃ。引《ひ》っ越《こ》しそば持って」

「引《ひ》っ越《こ》しそばって、いつの時代よ……って、別《べつ》にいいんじゃない？　仲良《なかよ》くするわけじゃないんだし。たまたま通路で会ったときにあいさつすれば」

私《わたし》はそのときはたいして深く考えず、引《ひ》っ越《こ》し作業を手伝《てつだ》ってから、ファーストフード店のアルバイトに行きました。

それから一週間後のことです。E子が「やっと片付《かたづ》いたから鍋《なべ》でもやろうよ」と私《わたし》とサークルの後輩《こうはい》ちゃんを招《よ》んでくれ、三人で飲むことになりました。

後輩《こうはい》ちゃんは畳《たたみ》の部屋《へや》に入るなり、目を丸くしました。

「E子先輩《せんぱい》の部屋《へや》、なんかおもしろいですね。床《とこ》の間《ま》って、アパートの部屋にあるものなんですか？」

「風情《ふぜい》があるでしょ？　ほら、花を飾《かざ》ると、それなりに絵になるっていうか」

E子は一輪挿《いちりんざ》しにガーベラを一輪《りん》、活《い》けていました。

「確《たし》かに。豪華《ごうか》な花束《はなたば》じゃないところが、わびさびの世界を表現《ひょうげん》してるっていうか」

私《わたし》が茶化《ちゃか》すと、後輩《こうはい》ちゃんはケラケラ笑《わら》い出しました。

「でも、素敵《すてき》ですよ？　お花を飾《かざ》るってやっぱりいいですよねー。E子先輩《せんぱい》、いつも、いつも、いつも飾ったほうがいいですよ、いい」

「そう？　あ、ほら、できたよ」

「お、キムチ鍋《なべ》！　いただきまーす！」

後輩《こうはい》ちゃんはにぎやかなタイプで、お酒が回るとどんどんはしゃぎ始めました。

「いいなー、一人暮《ひとりぐ》らし！　あたしもしたいなーっ！」

「E子先輩《せんぱい》、彼氏《かれし》いるんですかー？」

「うちのサークルのT君、キモくないですか？　うざったいぐらい前髪《まえがみ》を垂《た》らして、どこの文豪《ぶんごう》かっつーの」

前髪《まえがみ》を垂《た》らして、の言葉で私《わたし》は、ふと、先日、通路で会った隣《となり》の男の人のことを思い出しました。

「後輩《こうはい》ちゃん、声のトーン落として。あんまり騒《さわ》ぐとお隣《となり》さんに迷惑《めいわく》だから」

「あー、すみませぇん。もう一杯《いっぱい》！」

「もう、人の話、聞いてないでしょ？　おかわり禁止《きんし》！」

酔《よ》い潰《つぶ》れそうな後輩《こうはい》ちゃんの面倒《めんどう》を見ていると、〆《しめ》の雑炊《ぞうすい》の支度《したく》をしていたE子がキッチンから戻《もど》ってきました。

「ねえ、その話なんだけど。この前、不動産屋《ふどうさんや》さんに訊《き》いたら、隣《となり》はやっぱり空き部屋《べや》だったよ？」

「えっ、本当に？　じゃあ、私《わたし》が見たのは誰《だれ》だったの？」

「そのまた隣《となり》の人じゃないの？」

「そうかなあ……」

そう言われると、私《わたし》は自信《じしん》がなくなってきました。よく考えてみたら、隣《となり》の部屋《へや》から出てきたような気がしただけで、出てきた瞬間《しゅんかん》をはっきり見たわけではなかったからです。

鍋《なべ》の残《のこ》りで作った雑炊《ぞうすい》を食べてから、その日、私《わたし》と後輩《こうはい》ちゃんは終電前に帰りました。

それから、また十日後のことです。

私《わたし》がE子の部屋《へや》に遊びに行くと、床《とこ》の間《ま》に掛《か》け軸《じく》が飾《かざ》ってありました。柿《かき》の絵の、小さな掛《か》け軸《じく》です。

「これ、どうしたの？」

「あー、それ。この前、鍋《なべ》やった翌日《よくじつ》かな？　後輩《こうはい》ちゃんが来てさ、引《ひ》っ越《こ》し祝《いわ》いですって持ってきたの。金運が上がるらしいよ」

「そうなの？　へー」

「あ、お茶淹《い》れるね。ちょっと待ってて」

E子がキッチンに立ったあと、私《わたし》は何気に掛《か》け軸《じく》の裏《うら》を見ました。

（え……なにこれ）

私《わたし》はぎょっとして、目をむきました。裏《うら》にはお札《ふだ》が貼《は》ってあったからです。

（金運の上がるお札《ふだ》……なのかな？）

けれど、どうも違《ちが》うような気がします。E子は気づいてないようですし、私《わたし》はなにも言わず、その日はアルバイトの時間になる前に帰りました。

私《わたし》は次の日、大学で後輩《こうはい》ちゃんを捕《つか》まえて話を聞きました。

「ねえ、E子に掛《か》け軸《じく》あげたでしょ？　あのお札《ふだ》、なに？」

「あー……あれは……そのー……」

「はっきり言ってよ」

「魔除《まよ》けのお札《ふだ》です。あたし、霊感《れいかん》があるんですよ。あの場所、なんかヤバそうだったし、先輩《せんぱい》も隣《となり》に住んでるはずのない人を見たっていうから……」

「じゃあ、私《わたし》が見たのは幽霊《ゆうれい》ってこと？」

「うーん、たぶん……」

「うそ……」

「E子先輩《せんぱい》がお花を供え続けてくれればいいけど、それはたぶん無理《むり》だから、掛《か》け軸《じく》の裏《うら》にお札《ふだ》を仕込《しこ》んで、あそこに掛《か》けるようにしたんです」

「じゃあ、E子は……」

「E子先輩《せんぱい》は知りません。霊感《れいかん》ないみたいだし、そのテのことに鈍感《どんかん》なら、まあ大《だい》丈夫《じょうぶ》かなって」

「え〜っ、そんなこと聞いちゃうと、あの部屋《へや》に二度と遊びに行けないよ……」

あの部屋《へや》に入ったとき、背中《せなか》が重くなったり、まぶたが半分落っこちたのは、そういうことだったのかと私《わたし》は思いました。

「私《わたし》、霊感《れいかん》ないと思ってたんだけど……」

後輩《こうはい》ちゃんは私《わたし》の話を聞くなり、ケラケラと笑《わら》い出しました。

「なんか中途半端《ちゅうとはんぱ》ですね。でも、それくらいのレベルなら、たぶん問題ないですよ。あ、これはただの憶測《おくそく》なんですけど……」

急に声をすっと落とし、後輩《こうはい》ちゃんは続《つづ》けました。

「あの部屋《へや》、崖《がけ》に面してたじゃないですか。ああいう崖《がけ》って、昔、捨《す》て場所だった可《か》能性《のうせい》があるんですよね」

「捨《す》て場所？　なんの？」

「死体の」

「え……」

ぎょっと目をむく私《わたし》をおもしろそうに見て、後輩《こうはい》ちゃんは続《つづ》けました。

「清水《きよみず》の舞台《ぶたい》、あれって死体を投げる場所だったってこと知ってました？　それと同じです。ま、確証《かくしょう》はないですけど、そういう場所なら霊《れい》が溜《た》まりやすいかも。前に住んでた大家さんも掛《か》け軸《じく》の裏《うら》にお札《ふだ》貼《は》ったり、お花を供《そな》えたりして、霊をなだめてたみたい、い、い、いだし」

「ええっ、床《とこ》の間《ま》があるのって、そのためだったの⁉」

「ただの推理《すいり》ですよ？　あまり気にしないでくださいね」

「うー……」

私《わたし》はもちろん、この話はＥ子にはしませんでした。後輩《こうはい》ちゃんの言う通り、気付《きづ》かなければそのほうが幸せだからです。

Ｅ子はその部屋《へや》に住み続《つづ》け、卒業《そつぎょう》と同時に田舎《いなか》へ帰っていきました。

こうして、昔のことを思い出しながらこの話を書いていたら、背中《せなか》が重くなってきました。どうやら、なにかに乗っかられたようです。いつもは二回ほど背中《せなか》を叩《たた》くと、ふっと軽くなるのですが、何回やってもダメです。

明日《あした》は神社に行って、お祓《はら》いでもしてもらおうかな。

トリプル☆絶叫《ぜっきょう》コースター

樫崎《かしざき》 茜《あかね》

カタ、カタ、カタカタカタカタカタ……。

傾斜《けいしゃ》のきつい上り坂を、響《ひびき》を先頭に乗せたジェットコースターがゆっくりと進んでいく。スピードは三輪車並《さんりんしゃな》みに遅《おそ》いのに、響《ひびき》のほっぺたにあたる風は、高度が上がるにつれて強く冷《つめ》たくなっていった。

空から降《ふ》り注《そそ》ぐ太陽の日差《ひざ》しがまぶしい。

響《ひびき》が恐《おそ》る恐《おそ》る右下へ顔を向けると、人で賑《にぎ》わう遊園地のフェンスの外側《そとがわ》に、潮干狩《しおひが》りで有名な海岸が見えていた。

カタカタカタカタ……。

そうこうしているあいだにも、ジェットコースターは頂上《ちょうじょう》目指して進んでいく。

（ヤ、ヤバい。もうすぐだ……）

響《ひびき》は順番《じゅんばん》待ちをしていたときにコースの全体図を見て、知っていた。このきつい傾《けい》斜《しゃ》の向こうに控《ひか》えているのは、直滑降《ちょっかっこう》の下り坂だ。そして、それを越《こ》えた先に待ちうけているのは、ぐるりと巨大《きょだい》な宙返《ちゅうがえ》りなのだった。

（高所恐怖症《きょうふしょう》のオレがなんでこんなものに乗ってんだよ？）

響《ひびき》が自問自答したそのときだ、隣《となり》の座席《ざせき》から「きゃっほー」と明るい声が飛《と》んできた。

そうだ、思いだしたぞ、九竜《くりゅう》だ。転校生の九竜公平《くりゅうこうへい》だ。こいつがあのときあんなことさえいい出さなければ、今ごろ、オレはジェットコースターになんか乗っていなかったんだ。

響《ひびき》は恨《うら》めしい気持ちで九竜《くりゅう》をにらみつけた。ついでに、後ろの座席《ざせき》もふり返る。

そこに座《すわ》っているのは、響《ひびき》が大嫌《だいきら》いな信也《しんや》だった。五年二組の教室ではいつもおどおどしていて、響《ひびき》が話しかけるときょどったような顔になる。声も小さくて、何をしゃべっているのかちっともきき取れない。たまにクラスのカッコつけてるグループのやつらがそんな信也《しんや》を気にかけて、ドッジボールやバスケに誘《さそ》ってやるけれど、信也《しんや》はヘマの連続《れんぞく》で、チームを負けに追いこむことにかけては天才だった。

(ハハッ、ウケる)

教室でもおどおどしている信也《しんや》は、今この瞬間《しゅんかん》も顔を真《ま》っ青《さお》にしていた。

(今ごろ、小便《しょうべん》ちびってたりしてな)

心の中で信也《しんや》を小バカにすると、さっきまで響《ひびき》の体を満《み》たしていた恐怖心《きょうふしん》はすぅーっと晴れわたっていった。

が、それも束《つか》の間《ま》、いよいよジェットコースターが坂の頂点《ちょうてん》に達《たっ》したようだ。その場でピタリと停止《ていし》した。

「ひとーつ、ふたーつ、みっつ……」

響《ひびき》が三つまで数えた直後、木の葉が風にあおられるように、ジェットコースターはぐらりと傾《かたむ》いた。
ガ、ガダダダダダダ……。
轟音《ごうおん》と、強風。

「ぎゃぁぁぁぁぁ！」

響《ひびき》の脳裏《のうり》には、今日《きょう》これまでの出来事が走馬灯《そうまとう》のように駆《か》けめぐりはじめた。


今日《きょう》は朝からすこぶる天気がよかった。絶好《ぜっこう》の遠足日和《びより》だ。行先は県内の遊園地。響《ひびき》は以前《いぜん》からこの日を楽しみにしていた。

(でもなぁ……)

ただひとつ、響《ひびき》の気分がいまいち乗らなかったのは、直前のクジ引きでいっしょのグループに決まったメンバーに仲《なか》のいい友だちがいなかったからだ。それどころか、いつも響《ひびき》をイラつかせる信也《しんや》はいるし、女子は鬱陶《うっとう》しい双葉《ふたば》と彩加《あやか》のコンビだし、残《のこ》るひとりは、最近《さいきん》転校してきたばかりの九竜《くりゅう》とかいうよくわからないやつだ。トランプでたとえるなら、ババが四枚《まい》もそろっているみたいな状態《じょうたい》だ。

「みなさんの日ごろの行いがよいおかげで、今日《きょう》はとびっきりの晴天に恵《めぐ》まれました。思い出に残る遠足になるよう、楽しんできてくださいね」

響《ひびき》たちは校庭の一角で校長先生の話をきいてから、チャーターしたバスに乗りこんだ。

車内での座席《ざせき》はもちろん、グループごとだ。

響《ひびき》は、信也《しんや》と九竜《くりゅう》が並《なら》んで座《すわ》った後ろの列にひとりで座《すわ》った。その後ろに女子ふたりが並《なら》んで座《すわ》る。運悪く、通路を挟《はさ》んだ向こう側《がわ》にも別《べつ》グループの女子が陣取《じんど》った。

(ちぇ。このへんで男子はオレだけかよ)

最初《さいしょ》はおとなしく座《すわ》っていた響《ひびき》だったけれど、バスが動きだしてしばらくすると、すっかり退屈《たいくつ》してしまった。

きょろきょろあたりを見わたすと、席《せき》が近くの人どうしで楽しそうにおしゃべりしている。ひとり静《しず》かに座《すわ》っているのは響《ひびき》くらいのものだった。

(なんでオレばっかり。おっ、いいこと思いついたぞ!)

響《ひびき》は心の中でつぶやくと、ひとつ席《せき》をずらして信也《しんや》の真後ろに陣取《じんど》った。そして、ガシッ！

思いきり、シートの背《せ》もたれを蹴《け》りあげた。

「ひっ」

いきなり背中《せなか》のあたりに衝撃《しょうげき》をくらった信也《しんや》は、驚《おどろ》いたような声をあげた。

「どうかしたの？」

その声をききつけた九竜《くりゅう》が心配している。

「う、ううん……」

信也《しんや》の消え入りそうな声をきいていると、響《ひびき》の背中《せなか》をぞくぞくっとよろこびのようなものが這《は》いあがっていった。

ガシッ！　ガシッ！　ガシッ！

今度はテンポよく前の座席《ざせき》を蹴《け》りつけた。

右足で、ガシッ！

左足でも、ガシッ！

何度蹴《け》っても信也《しんや》は文句《もんく》をいわないどころか、後ろにいる響《ひびき》をふり返りもしない。

どうせ今ごろは顔を真《ま》っ青《さお》にして、ビビっているにちがいない。

そんな様子を想像《そうぞう》すると、さっきまでの退屈《たいくつ》は吹《ふ》き飛《と》んで、今日《きょう》一日、信也《しんや》といっしょに過《す》ごすことも悪くないような気がしてきた。

(こうなったら、今日《きょう》はとことん信也《しんや》をいじめてやるぜ!)

響《ひびき》はそう心に決めたのだった。

途中《とちゅう》、バスは高速道路のサービスエリアでトイレ休憩《きゅうけい》をとった。

響《ひびき》はクラスメイトの動きを見定めると、あえて信也《しんや》のすぐ後ろからバスを降《お》りた。

トイレへ向かう信也《しんや》をぴったりとマークして、信也《しんや》のスニーカーのかかとを踏《ふ》みつけるようにしながらトイレへ向かう。

「ごめん、そこ、オレが使うから」

響《ひびき》はズボンのファスナーに手をかけていた隣《となり》のクラスの男子を押《お》しのけると、わざわざ信也《しんや》の隣《となり》で用を足した。

ほぼ同時におしっこを終えた響《ひびき》は、再《ふたた》び信也《しんや》のかかとを踏《ふ》みつけながら、洗面台《せんめんだい》まで移動《いどう》した。そして、手洗《てあら》いをすませると、びしょ濡《ぬ》れの手を信也《しんや》のシャツで拭《ふ》いたのだった。

「……………」

さすがにこれには信也《しんや》もふり返って、響《ひびき》を責《せ》めるような目で見た。

けれど、響《ひびき》が「なんだよ？」とすごんでみせると、途端《とたん》に怯《おび》えたような顔に戻《もど》った。

結局《けっきょく》、信也《しんや》は何もいい返さずに、バスまでの道を戻《もど》りはじめた。もちろん、響《ひびき》はここぞとばかりにスニーカーのかかとを踏《ふ》みつけながら歩いてやった。

バスに乗りこんだ響《ひびき》は再《ふたた》び信也《しんや》の後ろに陣取《じんど》ると、座席《ざせき》の背《せ》もたれを蹴《け》りはじめた。

ガシッ、ガシッ、ガシッ。

どれくらいそうしていただろう、九竜《くりゅう》がバスに戻《もど》ってきた。そして、信也《しんや》にこういった。

「あのさ、信也《しんや》くん。もしよければなんだけど、ぼくと席《せき》を替《か》わってもらえないかな？」

「えっ、で、でも」

信也《しんや》が青白い顔で響《ひびき》のほうをふり返る。

「実は、バスに酔《よ》っちゃったみたいで」

と九竜《くりゅう》。

「バスに酔《よ》ったなら窓側《まどがわ》に座《すわ》ってたほうがいいんじゃねぇの？」

たまらず、響《ひびき》は後ろからそう声をかけた。

「それが、ぼくの場合は通路側《つうろがわ》のほうがいいみたいなんだ」

窓側《まどがわ》より通路側《つうろがわ》のほうが酔《よ》わないって、なんだよそれ。

響《ひびき》が心の中でツッコんでいると、信也《しんや》がおずおずと席《せき》を移動《いどう》しはじめた。

時間になってバスが出発すると、響《ひびき》も席《せき》を移動《いどう》した。もちろん、信也《しんや》の後ろをキープするためだ。

ガシッ！

目の前のシートを力いっぱい蹴《け》りあげると、すっかり油断《ゆだん》していたらしい信也《しんや》が
「ひっ」と、間抜《まぬ》けな声を出した。

（ハハッ、おっもしれー）

響《ひびき》が愉快《ゆかい》に思ったそのときだ、「やっぱり」と声がして、九竜《くりゅう》が腰《こし》をあげたのが見えた。

「響《ひびき》くんがいうとおり、窓側《まどがわ》のほうがいいみたいだ。悪いんだけど、もう一度席《せき》を替《か》わってもらえないかな？」

（はぁ？　なんなんだよ、こいつ）

九竜《くりゅう》と信也《しんや》が席《せき》を入れ替《か》わったので、仕方なく響《ひびき》も席《せき》を移動《いどう》した。

その後も、九竜《くりゅう》と信也《しんや》は頻繁《ひんぱん》に席《せき》を交換《こうかん》しつづけた。そのたびに、右へ左へと移動《いどう》するはめになった響《ひびき》は、遊園地に到着《とうちゃく》するころには珍《めずら》しくバスに酔《よ》ってしまっていた。

ぐったりしている響《ひびき》とは反対に、九竜《くりゅう》はすっかり元気そうだ。入口でもらった園内マップを広げると、「どれから乗ろうか？」なんて、女子ふたりに声をかけている。

「えー、どうする？」

「うーん、どうしよっか」

「あたし、双葉《ふたば》といっしょのでいいよ」

「だめだよ。こういうのは彩加《あやか》が決めてくれなくちゃ」

「えー、でもぉ」

「どうする?」

「どうしよっかー」

女子ふたりはこのくり返しで、意見はまとまりそうにない。

「だーっ、うだうだいってないでさっさと決めろよな!」

思わず、イラついた響《ひびき》がそう叫《さけ》ぶと、

「そういう響《ひびき》くんはどれがいいわけ?」

九竜《くりゅう》にきかれた。

「えっ、オレ?」

「ぼく的《てき》には、遊園地に来たからにはジェットコースターに乗るべきだと思ってるんだ。やっぱり響《ひびき》くんもそう思うでしょ?」

女子ふたりは響《ひびき》の反応《はんのう》をうかがっている。

実は、響《ひびき》はジェットコースターが大の苦手だ。けれど、好《す》きな乗り物が観覧車《かんらんしゃ》とティーカップだなんていえる雰囲気《ふんいき》ではない。

「ま、まあ、オレもそんな感じかな」

響《ひびき》はもごもごと答えた。

「えー、いきなりジェットコースター？」

「ちょっと怖《こわ》いかも」

女子ふたりは渋《しぶ》っている。

（いいぞ、もっと強く反対しろ！）

響《ひびき》は心の中で双葉《ふたば》と彩加《あやか》を応援《おうえん》した。が、しかし……。

「お昼をすぎたらもっと混《こ》むだろうから、乗るなら今がチャンスだと思うんだ。信也《しんや》くんもそう思うでしょ？」

と九竜《くりゅう》。

「えっと……う、うん」

（バーカ、何いってんだよ）

響《ひびき》は信也《しんや》をギロッとにらんだ。

「というわけで、決まりだね！」

九竜《くりゅう》は、園内マップでジェットコースター乗り場を調べると、一目散《いちもくさん》に移動《いどう》しはじめた。

（マジで？　なぁ、マジで乗るわけ？）

響《ひびき》は内心焦《あせ》っていた。とはいえ、あの信也《しんや》ですらオーケーしたのだ。今さら「嫌《いや》だ」なんていえるはずがない。ましてや「怖《こわ》い」などといおうものなら、弱虫のレッテルを貼《は》られかねない。

そして、この十数分後、響《ひびき》は運の悪いことに、ジェットコースターの先頭車両に案《あん》内《ない》されたのだった。

ジェットコースターは坂の頂上《ちょうじょう》でいったん停止《ていし》したあと、今度は、たがが外れたみたいなスピードで落下しはじめた。

（九竜《くりゅう》、絶対《ぜったい》に許《ゆる》さねぇからな～）

響《ひびき》の視界《しかい》を流れていく景色《けしき》は絵の具をごちゃ混《ま》ぜにしたみたいな状態《じょうたい》だ。何がどうなっているのかちっともわからない。右へ左へと傾《かたむ》きながら、宙返《ちゅうがえ》り目指して暴走《ぼうそう》していく。

その途中《とちゅう》、響《ひびき》はあることに気がついた。

（う、うそだろ？　安全バーが締《し》まっていない！）

肩《かた》の上からすっぽりとかぶるような造《つく》りになっている安全バーは、なぜか響《ひびき》のお腹《なか》のかなり手前で止まってしまっていた。ジェットコースターが左へ傾《かたむ》くと、響《ひびき》の体は左側《ひだりがわ》の隙間《すきま》から飛《と》びだしそうになる。反対に、右へ傾《かたむ》くと、響《ひびき》自身が右側《みぎがわ》の隙間《すきま》からすぽんと遠くへ飛《と》ばされそうになった。

「ひっ、ひぃぃぃぃぃぃ」

（ヤバい、死ぬ。マジで死ぬ！）

響《ひびき》は両腕《りょううで》で安全バーをきつく抱《だ》きしめた。

すぐ目の前に、巨大宙返《きょだいちゅうがえ》りが控《ひか》えている。高さは約《やく》五十メートル、最高時速《さいこう》は百キロを超《こ》えると、順番《じゅんばん》待ちをしているときに説明《せつめい》を読んだ。安全バーがこんな状態《じょうたい》で

宙返《ちゅうがえ》りなんかして平気でいられるはずがない。地上へ真《ま》っ逆《さか》さま、アスファルトに叩《たた》きつけられて、そして……。

ガタッ、ガタガタガタガタッ！

ジェットコースターは猛《もう》スピードで宙返《ちゅうがえ》り目がけて駆《か》けあがっていく。

青く晴れわたった空が響《ひびき》の目の前に広がった直後、全身にものすごい重力がかかった。

（ダメだ、落ちる。神さま助けてぇぇぇ！）

「ひゃっほー」

「思いきって乗ってみてよかったねー」

「ねー」

九竜《くりゅう》と女子ふたりが満足《まんぞく》そうに話しているのを、響《ひびき》は上《うわ》の空できいていた。

怖《こわ》かった……マジで死ぬほど怖《こわ》かった。ただでさえ苦手なジェットコースター、その安全バーが締《し》まらないなんて想像《そうぞう》したこともなかった。それでも、なんとか堪《こら》えたぞ。信也《しんや》の前でみっともない姿《すがた》を見せるわけにはいかないからな。

響《ひびき》が安堵《あんど》のため息をもらしたそのとき、「あれ?」と、九竜《くりゅう》の声がした。

「なんだよ?」

響《ひびき》はきいた。

「いや、ぼくの気のせいだったら悪いからさ」

「いいよ、いえよ。気になるだろ」

「本当にいいの? だったらいわせてもらうけど、もしかして、響《ひびき》くんおしっこもらしてる?」

「はっ?」

直後、響《ひびき》はあわてて股間《こかん》を押《お》さえた。

(あわわわわ! 何ちびってるんだよ、オレ)

恐《おそ》る恐《おそ》る顔をあげると、九竜《くりゅう》の隣《となり》で信也《しんや》がじっと響《ひびき》を見ていた。

「これからは響《ひびき》くん改《あらた》めチビリくん、なんちゃってね」

九竜《くりゅう》が茶化《ちゃか》したようにそういうと、信也《しんや》がクスっと笑《わら》った。

チビリくん、チビリくん、チビリくん……。

「うぎゃぁぁぁぁぁ！」

もしかして、明日《あした》から、オレはみんなからそう呼《よ》ばれるのか？

そんなふうに想像《そうぞう》すると、響《ひびき》の背筋《せすじ》に本日最大《さいだい》の悪寒《おかん》が走った。

九《つ》十《く》九《も》樹《じゅ》

藤《ふじ》　真《ま》知《ち》子《こ》

「アイって、ほんとにこわがりねえ」

「あのイチョウの木がアイのことをさらっていくと思ってたんだって？」

学校の帰り道、友だちがおかしそうに笑《わら》うので、アイはあわてて言った。

「それ、幼稚園《ようちえん》の時のことなんだから。今はちがうってば」

もう！　ほんとにママはおしゃべりだ。

アイの友だちが来た時、ママが話したのだ。

イチョウの木というのは、アイの家の近所の空き地にぬっと立っている古い大木だ。

空を覆《おお》いつくすほどの巨大《きょだい》な木で、まわりは四、五メートルもあって、三百歳《さい》くらいだというが、石のようにでんとした古木はこの世の始まりから生きているようにみえた。

幹《みき》を覆《おお》う樹皮《じゅひ》は淡《あわ》い灰褐色《はいかっしょく》で、ひび割《わ》れのようにたてに浅《あさ》い割《わ》れ目《め》が走っていて、ゾウの皮膚《ひふ》のようにごつごつしている。

友だちは二人《ふたり》ともおもしろがって言う。

「幼稚園《ようちえん》の頃《ころ》なんて、わたし、イチョウの葉っぱはかわいいから画用紙に貼《は》ったり、ねんどのかざりつけにつかってたわ」

「うん。お扇子《せんす》みたいでかわいいわ。イチョウの葉っぱのプールをしたこともあったでしょ」

幼稚園《ようちえん》の頃《ころ》だって、アイにも友だちが一緒《いっしょ》の昼間なら、イチョウの木はただの大木にみえた。

でも、アイの家からは二ブロックしかはなれてないから、朝や夕方の薄暗《うすぐら》い時間に大きな大きなイチョウの木がぬっと立っているのはこわかった。

大きく枝《えだ》をはり、隙《すき》あらばアイのことをさらっていこうと身構《みがま》えているような感じがした。

「木は猛獣《もうじゅう》じゃないんだから、アイを取って食べたりしないから」

小さい頃《ころ》、アイが大きなイチョウの木をこわがるたびにママもパパもおばあちゃんもあきれて笑《わら》った。

本当は今でも日が陰《かげ》ったりすると、深いたてじわで覆《おお》われたイチョウの木をこわいと思う時があるが、それは内緒《ないしょ》だ。

「今は全然《ぜんぜん》こわくないからね」

アイが言うと、みんなも「あたりまえよ」と言って笑《わら》った。

友だちと別《わか》れてから気になってイチョウの木を見に行った。

夏のイチョウの木は緑の葉が生《お》い茂《しげ》り風が吹《ふ》くたびわさわさ揺《ゆ》れた。

突然《とつぜん》、うしろで声がした。

「イチョウの木がこわかったのは、あの木にとりつく霊《れい》の姿《すがた》が見えたからじゃろ？」

アイはびっくりして、カバンを取り落としてしまった。

小柄《こがら》な白髪《しらが》のおばあさんがいた。

アイのおばあちゃんよりずっとずっと年寄《としよ》りだ。あのイチョウの木のようにこの世の始まりから生きてるような感じだ。

「霊《れい》の姿《すがた》？」

「ああ、九十九神《つくもがみ》というのをしらぬか？　昔から、九十九年経《た》ったものには魂《たましい》が宿って九十九神《つくもがみ》という妖怪《ようかい》になると言われておる」

アイはこくんとうなずいた。

去年なくなったおばあちゃんから聞いたことがある。物や道具には九十九年経《た》つと魂《たましい》が宿るからすす払《はら》いの時に捨《す》てたりお寺で供養《くよう》するのだと。

「物でさえ九十九年経《た》つと魂《たましい》が宿り、しゃべったり動いたりするようになるという。ましてや九十九《つくも》の年月を生きてきた大木がしゃべりも動きもしないわけがない。あのイチョウの木はもう二百九十七歳《さい》じゃ。九十九年経《た》って魂《たましい》が宿って霊《れい》がとりついたのは江戸《えど》時代じゃった」

アイは心の中で納得《なっとく》した。そう、あのイチョウの木がこわいのはただの木じゃなくて、魂《たましい》が宿ってるような気がするからなのだ。

おばあさんは声をひそめて言った。

「あのイチョウの木は、九十九年経《た》った時から小さな女の子をさらうようになった。江戸《えど》時代のことじゃ。当時は神隠《かみかく》しといって、子どもが消えることがよくあった。イチョウの木はさらった女の子を『お守りさん』と呼《よ》び、大事にした。そして、その子が大きくなると新しい子どもを見つけて『お守りさん』にして、以前《いぜん》の子どもを返していたそうじゃ」

アイはドキドキした。

だったら、小さい時にイチョウの木にさらわれそうでこわかったのは気のせいではなかったのだ。

急に空気が静《しず》まりかえった気がした。

「今も女の子はいるの？」

「いるはずじゃ。わたしもあんたのような小さい頃《ころ》にさらわれそうになった」

「つかまったの？」

「つかまったら、逃《に》げられぬ。その前に逃《に》げるのじゃ。イチョウの木は『生きてる化石』と呼《よ》ばれておるほど太古の昔から生きている木なのじゃ。生命力が強くて、枝《えだ》をきっておけばそれだけで枝《えだ》から芽《め》がでて根っこがでてくるほどじゃ。助けを呼《よ》ぶ声は葉擦《はず》れの音でかき消され、姿《すがた》は葉陰《はかげ》にまぎれてしまう」

そう言って、老婆《ろうば》はイチョウの木を見上げた。

つられてアイも見上げて、どきっとした。

葉陰《はかげ》からこちらを見ている暗い子どもの瞳《ひとみ》と目があったような気がしたのだ。

「何十年もの昔、わたしの姉がイチョウの木にさらわれた。そして、今もあの中にいる」

「そんなに長い間？」

「このごろは昔とちがって、木にすみつく霊《れい》を見られる子が少なくなったからのう。

かわりの新しい『お守りさん』が見つけられないのじゃ。イチョウの木は新しい『お守りさん』を欲《ほ》しがっておる。新しい『お守りさん』は木を若返《わか》らせ元気にさせるのじゃ。なんといっても、今年《ことし》は三度目の九十九《つくも》の年。つまり二百九十七歳《さい》じゃ」

そういって、老婆《ろうば》はアイをじっと見つめた。

アイは思わずぞくっとした。

「気をつけるのじゃ。木は高さと同じ長さの根を横にはっているものじゃ。このへんまであのイチョウの木の根は伸《の》びておる。この話を聞いてるやもしれぬ」

アイはドキドキした。

あんなの、こわがらせようとした作り話だわ。

アイは家に帰ってからそう思おうとしたけれど、忘《わす》れられない。

だからといって、こんなことはだれかに話しても友だちにもママにも笑《わら》われるだけだ。

一人《ひとり》でかかえていると頭からはなれない。

気になってたまらない……。

翌日《よくじつ》、気がついたら、イチョウの木のところにいた。

突然《とつぜん》、日が陰《かげ》った。

木がアイをさらうと思っていた小さい時みたいに、こわくてたまらなくなった。

風が吹《ふ》いた。

葉がわさわさと揺《ゆ》れて、イチョウの葉がアイの肩《かた》にぱらりと落ちてきた。

アイの胸《むね》もざわめいた。

その時、風が大きく吹《ふ》いた。

そのとたん、イチョウの木が妖怪《ようかい》になった気がした。暗緑色《あんりょくしょく》の葉が一斉《いっせい》に羽根になってバサバサと大きく揺《ゆ》れ、今にもアイに飛《と》びかかってきそうだ。

風は激《はげ》しくなり、枝《えだ》も葉もますます大きくはばたいて、ざわざわと音をたてた。アイをつかもうとするように大きく揺《ゆ》れる。

その時だ。葉擦《はず》れの音にまじって「おいで」とくぐもった声が聞こえてきた。

いやだ……。いやだ……！

こわくて足がすくんで動けない。

風はますます激《はげ》しく、空もざわざわと揺《ゆ》れ、アイは立っていられない。思わずしゃがみこんだアイの上にイチョウの葉も枝《えだ》も空も覆《おお》いかぶさった。

たすけて……！

ざわめく葉擦《はず》れの音にまじって低《ひく》くくぐもった声が聞こえてきた。

「こわがることはない。おまえは今日《きょう》からわしの『お守り』になるのじゃ。見ろ」

イチョウにすみつく霊《れい》の声だ。

こわごわ目をあけたアイは愕然《がくぜん》とした。

いつのまにか風はやんで、まわりじゅうイチョウの葉と枝《えだ》で囲《かこ》まれている。ざらざらした樹皮《じゅひ》、木漏《こも》れ日《び》のきらめきと葉陰《はかげ》のシルエット……光も影《かげ》も色も匂《にお》いもイチョウの木につつまれている。

アイはイチョウの木の葉の中にいた。

さらわれてしまったのだ……！

さっきいた地上が葉陰《はかげ》の間から下の方に見える。

昨日《きのう》の老婆《ろうば》が「枝《えだ》をきっておけばそれだけで枝《えだ》から芽《め》がでて根っこがでてくる」と言ったように枝《えだ》からでた根っこがアイのからだにまきついている。

動けない。つかまってしまっている。どうしたらいいの？

「おまえのことは、わしがずっと大切にしよう。歩くことも勉強することも働《はたら》くこともない。わしのところに来る生き物はみな、姫《ひめ》のようにおまえにかしずくのだ。わしは湧《わ》き水《みず》を地下から吸《す》い上げ、鳥たちは木の実を運ぶ。おまえは新しい二酸化炭素《にさんかたんそ》をわしに吹《ふ》きかけるのじゃ。もう古い『お守り』に用はない」

イチョウの木が身体《からだ》じゅうで笑《わら》った気がした。

アイはぞくっとした。

その時、紅《あか》い光がさしてまぶしくなった。日が雲間から現《あらわ》れてきたのだ。すると、イチョウの木の声がゆっくりと弱々しくなった。

「三度目の九十九《つくも》の年に新しい…生き神…と…いっ…しょ…に…」

イチョウの木がおしだまった。妖怪《ようかい》っぽさが消えてきている。

太陽の光がまぶしいほどさしこんでるけど、こわいほどの沈黙《ちんもく》……。

その時だ。

「早くお逃《に》げ！」

小さい声が耳元でした。緊迫《きんぱく》した声だ。

えっ、だれ？

アイを見ている目がある。

木の葉にまぎれてわからなかったけれど小さな女の人がいた。

こんなに悲しそうでさびしそうな瞳《ひとみ》は見たことがなかった。

葉陰《はかげ》からのぞいていた暗い瞳《ひとみ》の持ち主だけど、子どもではなかった。

歯はぬけてしわだらけの白髪《しらが》だらけだ。

「もしかして『お守りさん』？」

アイが聞いた声をおしとどめて『お守りさん』はうなずいた。

「イチョウの木は闇《やみ》の中で姿《すがた》を変《か》えることができる。太陽の光の中ではただの木になる。逃《に》げるんじゃ」

アイは気がついた。

イチョウの木は暗い時はこわかったけれど、明るい昼間はただの木にみえたことを。日がさすと妖怪《ようかい》はただの木にもどる。

でも、手にも足にも枝《えだ》から伸《の》びた根のようなものがまきついている。助けを呼《よ》ぼうにも、胸《むね》にまきついた根で大きな声がでない。

「一緒《いっしょ》に逃《に》げましょう」

アイが言うと、『お守りさん』は首を横に振《ふ》った。

「わしは逃《に》げぬ。六歳《さい》の時にさらわれて、『お守りさん』としてあがめられ、鳥や動物たちがささげものをわしに運んできた。わしは地面という汚《けが》らわしいものに足をつくこともなく、ずっとイチョウの木に抱《だ》きかかえられて生きてきた。もう、歩くことはできぬ」

「でも」と言いかけてアイはぎょっとした。

『お守りさん』の茶色くぼろぼろの衣《ころも》からつき出た腕《うで》は、「生きてる化石」と呼《よ》ばれるイチョウの木の幹《みき》のように日に焼《や》けて深いたてじわの刻《きざ》まれた枝《えだ》になっていた。そして、指の代わりにイチョウの葉がついている。

それだけではない。うす汚《よご》れた衣《ころも》から伸《の》びている棒《ぼう》のような足も灰褐色《はいかっしょく》のイチョウの木の枝《えだ》になっている。

『お守りさん』の腕《うで》も足も木の枝《えだ》になっていたのだ。髪《かみ》の毛《け》も枝《えだ》になりかかっている。その枝《えだ》の腕《うで》でアイをしばる根っこをゆるめようとしている。

「さっさと行け！　わしは長い年月のうちにこうなった。あんたは自分が新しい『お守りさん』になって、こんな姿《すがた》のわしを古い『お守りさん』だといって追い出すつもりなのか！」

そう言うと、枝《えだ》の腕《うで》がアイをたたいた。

怒《いか》りでぶるぶるとふるえているのだ。

さびしさは消え、憎《にく》しみに満《み》ちた目でにらみつけている。

いやだ！　『お守りさん』になったら、二度とママにもパパに会えない。友だちにも会えない。

二度と学校にも行けなくなる！

逃《に》げなきゃ！

アイはふるえながらも夢中《むちゅう》だった。『お守りさん』がゆるめてくれた根っこを力をふりしぼって振《ふ》り払《はら》うと、急いで木からすべりおりた。

また日が陰《かげ》って、気づいたイチョウが追いかけてきた。かけだすと、地面がもりあがった。地下からイチョウの木の根っこがはいだしてきたのだ。

イチョウの木の根は木の高さと同じくらい横に伸《の》びていると昨日《きのう》の老婆《ろうば》が言っていた。

足を擦《す》りむいた。

でも、そんなことかまっていられない。

木の枝《えだ》がぐっと伸《の》びてくる。

たすけて……！

足がもつれる。

転びそうになった時、声がした。

「早く、こっちに！」

手まねきしてたのは、老婆《ろうば》だった。

「会ったんだね、わたしの姉《ねえ》さんに？」

老婆《ろうば》が聞いた。

アイは泣《な》きながらうなずいた。気がつくと涙《なみだ》がとまらなかった。

「逃《に》げろって言われた」

老婆《ろうば》もうなずいた。

「やっぱりのう。姉《ねえ》さんはわたしとは十歳《さい》ちがうのじゃ。わたしも小さい時にさらわれそうになった。でも、姉《ねえ》さんはイチョウの木にいつづけようとした。他《ほか》の子どもを自分のような目にあわせたくないと思ったからかもしれぬ。それとも、戻《もど》ってきてもあの姿《すがた》ではふつうの生活はできぬだろうから。ふつうの少女になれないと思ったからかもしれぬ。でも、もうあの年では『お守り』の役を果たせぬだろう」

老婆《ろうば》がさびしそうにイチョウの木を見上げた。


その数日後にイチョウの木に雷《かみなり》が落ちた。

「お守り」の効力《こうりょく》がなくなったからかもしれない。

燃《も》えにくいというイチョウの木から他《ほか》のものに火は燃《も》え移《うつ》らなかった。

それでもイチョウの木の枝《えだ》は燃《も》えつき、樹皮《じゅひ》のはがれ落ちた幹《みき》だけが残《のこ》った。まな板にいいという、つるつるの幹《みき》だ。

もう魂《たましい》の気配も『お守りさん』の気配もなくなってしまったイチョウの木は、日が陰《かげ》ってもただの木になった。

パニック!!

北川《きたがわ》チハル

これは、わたしが、「ミヤ」と呼《よ》ばれる女子高生だったころの話です。

四月。夕暮《ゆうぐ》れ。ひと気のない川ぞいの帰り道。

「ミヤ、部活、きつくない?」

「きっつーい。体中痛《いた》いし、肩《かた》や足、アザだらけ。なんかゾンビになった気分なんだけど」

「ハハ、おれも。ゾンビコンビ、笑《わら》えるね」

「うん。アザができるのは、うちらが、へたなしょうこだし。もう、笑《わら》うしかないよね」

ショータとわたしは、つかれきった体を預《あず》けるように、それぞれ自転車を押《お》していた。

ショータは近所の幼《おさな》なじみ。クラスはちがうけれど、同じ高校に入学し、いっしょに男女混合《こんごう》の柔道部《じゅうどうぶ》に入ったなかよしだ。ふたりとも、小さいころからアクションスターのジャッキー・チェンが大好《だいす》きで、とりあえずなにか武道《ぶどう》でもやれば、強くてかっこいいジャッキーに近づけるような気になって、柔道《じゅうどう》を始めた。

でも、柔道部《じゅうどうぶ》の稽古《けいこ》は思った以上《いじょう》にきつかった。体が小さく、運動神経《しんけい》もパッとしないわたしが、体力あふれんばかりの男子と同じ練習メニューをこなすのは、むぼうに近い。腹筋《ふっきん》や腕立《うでた》てふせのスピードにまるでついていけないし、受身は失敗《しっぱい》ばかりだし。

よく熱《ねつ》を出す体の弱いショータもにたようなものだった。ふたりとも、部活が終わればもうグッタリ。自転車に乗るとバランスをくずして転びそうだから、こうして寄《よ》りかかるように自転車を押《お》しながら、だらだらと家に向かっている。

「あのさあ、ショータ。わたし、稽古《けいこ》はきつくてつらいけど、黙想《もくそう》は好《す》きなんだよね」

「モクソウ？　あー、稽古《けいこ》の始めと終わりに、あぐらかいて目をとじて、己《おのれ》の心と向きあう、みたいなアレ？　おれ、あのとき、いつも、ジゴローのこと、考えてる」

ジゴローっていうのは、嘉納治五郎《かのうじごろう》。柔道《じゅうどう》の創始者《そうししゃ》だ。

「『礼に始まり礼に終わる』とか、心まで強くなりそうなことばを残《のこ》したひとだよねえ」

「ジゴローって、小柄《こがら》で体が弱くて、強くなりたい一心で柔道《じゅうどう》をつくりだしたんだって」

「小柄《こがら》で弱い……わたしたちとにてるかも」

「うん、にてる。あー、早くジゴローみたいに強くなりたい。でもって、ジャッキーみたいに、かっこよくなりてえぇぇぇぇ」

「まあガンバレ……って、わたしもなれるかなあ……せめて、ひとなみに、強く」

「なれるよ。つづければ、ぜったい!」

ふたりでしゃべっていると、ふしぎなことに、つかれがやわらいでいくようだった。


六月。本格的《ほんかくてき》な技《わざ》の稽古《けいこ》が始まった。

柔道《じゅうどう》が、急におもしろくなってきた。

顧問《こもん》の黒帯《くろおび》先生は、わたしに背負《せお》い投《な》げや関節技《かんせつわざ》、絞《し》め技《わざ》などを熱心《ねっしん》に教えてくれた。

「いいか、宮田《みやた》。柔道《じゅうどう》は力だけじゃない。相手の呼吸《こきゅう》を読め。技《わざ》を選《えら》んでタイミングよく決めろ。そうすりゃ体は小さくても勝てる」

体の大きな先輩《せんぱい》たちは、小さなわたしが技《わざ》をかけると、自分から投げられて、さりげなくタイミングを伝《つた》えてくれる。

性別《せいべつ》も年齢《ねんれい》も関係《かんけい》なく、それぞれが向きあうべきものに向きあっている、そんなすがすがしい空気が武道場《ぶどうじょう》に満《み》ちていた。

やがて稽古《けいこ》にも慣《な》れ、ショータはあまり熱《ねつ》を出さなくなった。わたしのアザもどんどんうすくなった。

わたしたちは、帰りにわざと誰《だれ》も通らない裏道《うらみち》を選《えら》び、横ならびで自転車をこぎながら、おしゃべりを楽しむよゆうができてきた。

「なあ、ミヤ。おれ、技《わざ》を覚《おぼ》えたら、誰《だれ》にでも試《ため》したくなって、すっげーこまるんだけど」

「あぶないヤツだなあ。でも、わたしも最近《さいきん》、ひとの首を見ると、絞《し》め技《わざ》をかけたくなっちゃって、ウズウズするんだよね」

「うわー、ミヤのが、よっぽどあぶないよ」

夕空に、わたしたちの笑《わら》い声《ごえ》が広がった。

七月。学校の帰り道、ショータが、まじめな顔でいった。

「おれ、夏休みにバイトする」

「えっ、うちの学校、バイト禁止《きんし》だよ?」

「しってるよ。でも、どうしても黒帯《くろおび》がほしいんだ。それにはお金が必要《ひつよう》だし……」

黒帯《くろおび》を手に入れるためには、昇級《しょうきゅう》試験《しけん》を何度も重ね、段位《だんい》をとらなくてはならない。試験《しけん》にはお金がいるし、会場までの交通費《こうつうひ》もかかる。段位《だんい》をとったら、安くない手数料《てすうりょう》も必要《ひつよう》だ。

「学校へ行く途中《とちゅう》の国道ぞいにレストランができただろ? そこでバイト大募集《だいぼしゅう》してたから、面接《めんせつ》に行く。調理場か皿洗《さらあら》いなら、表に出なくてバレないし」

「ふうん、いいなあ。バイト、やってみたい! ねえ、わたしもその面接《めんせつ》、受けていい?」

「いいよ。ミヤなら、そういうと思った」

わたしたちは、にまにま笑《わら》いあった。

それなのに……ショータは面接《めんせつ》で落ちた。

わたしは、サラダを作る係に採用《さいよう》された。

バイトは土日の夕方五時から夜の九時。片《かた》づけがのびて帰りは十時になることもある。

ショータは少し落ちこんでいたけれど、わたしの帰り道のことを心配してくれた。

「ミヤ、夜道をひとりで帰るの、怖《こわ》いだろ？　おれ、迎《むか》えにいこうか？」

「怖《こわ》くないよ。国道は明るいし、自転車だし。それにわたし、柔道部《じゅうどうぶ》だし……強いよ？」

ショータはフッと、小さく笑《わら》った。

「ミヤは強くない。『強がり』なだけだろ」

ズキン、と胸《むね》が痛《いた》んだ。

「ミヤは弱い。柔道《じゅうどう》もへた」

そういわれたような気がしたのだ。

ショータは、部活内の練習試合《じあい》で順調《じゅんちょう》に勝つようになっていた。わたしは負けてばかり。くやしくて、つい、きついことばを投げつけた。

「ちょっと勝てるからって、いばらないで」

「べつに、いばってないけど……もういいよ」

はじめてのケンカだった。

わたしたちは部活が終わっても、おたがいを待たずに帰るようになった。ショータは別《べつ》のバイトを探《さが》しにいっていたのかもしれない。

すぐに夏休みになり、部活もあったりなかったりで、あやまるきっかけは、なかなかつかめなかった。遠くなったふたりの距離《きょり》をうめるみたいに、わたしはバイトに打ちこんだ。

八月。夏休みはあっというまにすぎた。

今日《きょう》は、バイト最終日《さいしゅうび》。

「お世話になりました」

「ごくろうさま。今月分の給料《きゅうりょう》は、来月の月末《げつまつ》にでもとりにきて」

ハーイ、とおじぎして、わたしは家に帰るため、自転車をこぎだした。なかよくなりかけたバイトの子たちと会えなくなるのはさびしいけれど、もうこれで学校へのかくしごとがなくなると思うと、ほっとした。

帰り道の国道は、車がビュンビュン走っていた。夜でも町は明るく、にぎやかだ。

でも、国道の脇《わき》のサイクリングロードには誰《だれ》もいない。貸《か》し切《き》りみたいで、いい気分。鼻歌がこぼれでた。ペダルをぐいぐいこいでスピードをあげるうち、歌声はどんどん大きくなっていく。

（……あれ？　後ろに誰《だれ》かいる……？）

大川《おおかわ》を渡《わた》る橋の上で、背後《はいご》の自転車の車輪《しゃりん》の音に気がついた。

（あっちゃあ、歌、聞かれちゃったかも）

わたしはすぐに口をとじた。恥《は》ずかしくてふり向けない。でも、おさきにどうぞというように端《はし》に寄《よ》った。なのに後ろの自転車は、一定の距離《きょり》を保《たも》ち、ちっとも追《お》い抜《ぬ》く気配がない。

（もしかして、つけられている……？）

おそるおそるふり向くと、後ろのひとがさっと顔をそむけた。わたしと同じくらいの若《わか》い男のようだった。

（やっぱりあやしい……）

ドクン、ドクンと心臓《しんぞう》が鳴りだした。恐怖《きょうふ》のカウントダウンみたいに。

誰《だれ》？　バイトのひと？　いつから後ろにいるの？　なんのためにつけているの？

ああ、つけているわけじゃないのかも。大通りなんだから同じ道を使うひとがいるのは当たり前。そうだ、道を変《か》えよう。そうすれば、後ろの男と離《はな》れられる……。そうだ、そうしよう……。

その場から逃《に》げだしたい一心で、とっさに道を曲がった。あ、マズイ、と思ったけれど、おそかった。わたしは安全な国道から離《はな》れ、ひと気のない裏道《うらみち》に入りこんでしまったのだ。

でも、車輪《しゃりん》の音は、消えなかった。

（ついてくる！）

あせればあせるほど、自転車は暗闇《くらやみ》へつづく細道に引きずりこまれていくようだ。

わたしはひとりで、パニック状態《じょうたい》になっていた。頭と体がバラバラにちぎれていくような感覚《かんかく》だ。安全な道へ早くもどれと頭が命令《めいれい》しているのに、ちぎれた手足は勝手に自転車をあやつって、わたしをあともどりできない危険《きけん》なところへつれていく……。

気がつくと、あたりは畑ばかりになっていた。こんなにひと気のないところでは、助けを呼《よ》んでもムダだろう。それでもわたしは、力をふりしぼって、叫《さけ》んだ。

「……たすっ、けてっ!」

失敗《しっぱい》。声がかすれた。でも後ろの男には聞こえてしまったようだった。男が、猛《もう》スピードで追いついてくる。

ガシャーン!

男が、自転車の上から飛《と》びかかってきた。

わたしは自転車から投げだされ、道の脇《わき》の畑に落ちた。すぐに男が体に乗ってきて、わたしの横腹《よこばら》に立《た》てつづけにパンチを打ちこんだ。暗くて相手の顔はわからない。いや、顔なんて、ないのかもしれない……黒い影《かげ》の怪物《かいぶつ》。

絶望《ぜつぼう》に気を失《うしな》いそうで目をとじた。真《ま》っ暗闇《くらやみ》……ああ、黙想《もくそう》みたいだな、と思ったら、ふいに寝技《ねわざ》の稽古《けいこ》の記憶《きおく》がよみがえった。

自分より体の大きな相手に押《お》さえこまれたときは、どうするんだったっけ?

……そうそう、まずは絞《し》め技《わざ》か関節技《かんせつわざ》を狙《ねら》うんだ……そうだ、今こそ絞《し》め技《わざ》を使うんだ！

でも、体が全く動かない。恐怖《きょうふ》で、頭と体がバラバラになったままなのだ。こんなにかんたんに自分がダメになるなんて、しらなかった。目の前の怪物《かいぶつ》も怖《こわ》いけど、なさけないほど弱い自分を思いしったことも怖《こわ》かった。

（なあにが、わたしは強い、だよ……）

「ミヤは強くない。『強がり』なだけだろ」

ショータの声が聞こえるような気がした。

（ショータのいったとおりだ……ああ、ショータ、今ごろなにをしているのかなあ……）

ショータの顔を思いうかべたら、すうっと心が落ちついた。そして、横腹《よこばら》に打ちこまれているパンチが全然痛《ぜんぜんいた》くないことに気がついた。

（なんで？　……ああ、震《ふる》えているんだ）

男は暗闇《くらやみ》の中でもわかるほど、震《ふる》えていた。パンチにも全然《ぜんぜん》力が入っていない。

(このひとも……怖《こわ》いんだ。怪物《かいぶつ》になってしまった自分が)

それなら、むやみに騒《さわ》いだり、抵抗《ていこう》したりしないほうが絶対《ぜったい》いい。怖《こわ》がっているものどうし、話せばわかりあえるかも……。

わたしは、なるべく静《しず》かにいってみた。

「……お金なら、もってない」

男の動きが、止まった。

「……お金じゃない」

(じゃあ、なに? なにがしたいの?)

恐怖《きょうふ》がふたたびわたしの体を押《お》さえこむ。男も、どうしたことか、動かない。ハアハアと荒《あら》い息が暗闇《くらやみ》にひびくだけ。

とつぜんキイーッと音がして、光がさした。

「うわあっ、なんだよ、これっ?」

小道から、聞《き》き覚《おぼ》えのある声がした。

男が体の上から離《はな》れた。

「くそっ！」

と叫《さけ》びながら、道に倒《たお》れた自転車を引っつかみ、逃《に》げさっていく音がする。

すぐに、べつの誰《だれ》かが自転車からおりてきて、わたしに近づいてきた。

「……ミヤ？　ミヤなんだろ？」

「……ショータ？　……なんでいるの？」

「なんでって……塾《じゅく》の帰りだし。そしたら、道にミヤの自転車が倒《たお》れてるし……」

わたしは、ぼんやり思いだした。

（ああそうか。ここ、部活の帰り、ショータとしゃべりながら帰った裏道《うらみち》だ……）

「っていうか、ミヤ、大丈夫《だいじょうぶ》？　あいつ、誰《だれ》？」

「しらない！　ぜんぜんわかんない！」

ショータがさしのべた手を、わたしは思わず、はらいのけた。

「あ、ごめん……。でも今は……さわられるの、ちょっと、きつい……」

「……うん、ごめん」

ショータがすっと離《はな》れ、倒《たお》れていたわたしの自転車を起こしてくれた。

「……けがは？　病院、行く？」

わたしは首をふって、立ちあがった。

「大丈夫《だいじょうぶ》。飛《と》びかかられただけだから……とっさに受身もしたし」

「警察《けいさつ》は？」

「行かない。バイト帰りだよ。学校にバレたらマズイでしょ……。お願《ねが》い、今日《きょう》のことは誰《だれ》にもいわないで。騒《さわ》がれるの、イヤだから」

道に出ると、外灯《がいとう》でショータの顔がはっきり見えた。今にも泣《な》きそうな表情《ひょうじょう》だ。わたしも、こんな顔をしているのかもしれない。

わたしはむりやりくちびるの端《はし》をあげ、なるべく明るい声でいった。

「さ、帰ろう」

「……うん。送る」

ショータは、わたしに寄《よ》りそうようにゆっくりと自転車を押《お》して歩きだす。

「あのさあ……、今日《きょう》のこと、おれのせいだよね。おれがバイトの話なんかしたから
……」

「ちがう」

わたしはきっぱりいった。

「バイトはわたしがしたくてしただけ。でも、もう今日《きょう》で終わったし……それに、ショータのいったとおりだったんだ」

「え？」

「わたし、ただの強がりでほんとうに弱かった……おそわれたとき、絞《し》め技《わざ》をかけてやろうと思ったのに、怖《こわ》くてなんにもできなかった……なんにもできない自分がなさけなくて、ものすごーく怖《こわ》かった……」

「それがふつうだよ。べつに、ミヤが弱いわけじゃない」

ショータのことばに、涙《なみだ》がぼろぼろこぼれた。

「怖《こわ》かった……怖《こわ》かった……ああ、もう……めっちゃくちゃ怖《こわ》かったあ」

そのさきは、よく覚《おぼ》えていない。でも泣《な》いて泣《な》いて泣《な》きまくっているあいだ、ショータがずっとそばにいてくれたことだけは、はっきりと覚《おぼ》えている。

小《こ》指《ゆび》姫《ひめ》の小指

立原《たちはら》えりか

学校帰り、おじぞうさんの前で、中嶋《なかじま》美保《みほ》は立ち止まる。冷《つめ》たい風に吹《ふ》かれても、おじぞうさんは優《やさ》しいほほえみをうかべていた。

「玲《れい》ちゃんと並《なら》んで、毎日お祈《いの》りしたのに」

美保《みほ》はつぶやく。

「アイドルになれますように」

ふたりの願《ねが》いは同じだった。小学五年生のころに生まれた願《ねが》いだ。ふたりにとってのアイドルはジョイ、二十歳《はたち》の歌手だった。かがやくばかりの歌声と太陽みたいに明るい笑《わら》い顔《がお》、しなやかなバネのようなダンスと、ユーモラスでちょっと寂《さび》しげなモノローグが日本中の女の子を夢中《むちゅう》にさせている。コンサートを開くたびに会場は満杯《まんぱい》になって、「ジョーイ、ジョーイ！」のさけび声が嵐《あらし》のようにひびきわたる。最高《さいこう》の喜《よろこ》びを意味する〝ＪＯＹ〟そのままに、ジョイは女の子たちの喜《よろこ》びのもとになっていたのだ。

美保《みほ》も三井玲《みついれい》も、ジョイのコンサート会場に行ったことはない。ふたりが暮《く》らしているのはＹ県にあるのどかな町で、コンサート会場がある都会からはかなり離《はな》れている。東京《とうきょう》まで、バスと電車をのりついで七時間かかるし、大阪《おおさか》までだって六時間かかるのだ。

「東京《とうきょう》に住んでみたい。名古屋《なごや》でも広島《ひろしま》でもいいから、ジョイがコンサートを開く会場がある都会で暮《く》らしたい」

「コンサート会場から日帰りできる町にいられたらいいのにな」

ふたりのため息がかさなる。

玲《れい》の部屋《へや》には、ジョイのコンサートをおさめたディスクがずらりと並《なら》ぶ棚《たな》があった。ディスクを映《うつ》し出すのは大型《おおがた》のテレビ画面だ。

「本物のジョイを見て、声を聞いてみたい」

画面を見つめてつぶやく美保《みほ》のとなりで、玲《れい》が胸《むね》を張《は》った。

「客席《きゃくせき》でライトを振《ふ》っているだけじゃいや。私《わたし》はジョイと同じステージで踊《おど》ってみたい。一緒《いっしょ》にライトをあびて、並《なら》んでカーテンコールを受けるの。死ぬほど努力《どりょく》して、この夢《ゆめ》をかなえるつもり」

玲《れい》の家は、町のだれもが知っているウグイス屋敷《やしき》だ。季節《きせつ》ごとに花をつける梅《うめ》や桜《さくら》、ツツジやバラにいろどられた広い庭にかこまれている。春になるとウグイスが、木の枝《えだ》で歌うので、ウグイス屋敷《やしき》の名がついた。庭につづくのは梅林《ばいりん》で、夏にはふっくらした梅《うめ》の実がみのる。とりいれた梅《うめ》の実は梅干《うめぼ》しになって、名産《めいさん》として日本中に出まわっているのだ。町の人たちのほとんどが玲《れい》の家の梅《うめ》農場で働《はたら》いている。美保《みほ》の父もそのひとりだった。

「やっぱり素敵《すてき》！　何回見てもいい」

「王子さまって、ジョイのことなんだよね」

拍手《はくしゅ》して笑《わら》うふたりのために、お茶とケーキを運んでくれるのは玲《れい》のママだった。しゃれたワンピースを着てきれいに化粧《けしょう》しているママは、美保《みほ》の母《かあ》さんとは違《ちが》う国の人みたいだ。母《かあ》さんの服は洗《あら》いざらしのエプロンで、化粧《けしょう》したことがない。

玲《れい》の部屋《へや》からは、大きな桜《さくら》の木が見えた。咲《さ》き終わった花が吹雪《ふぶき》のように舞《ま》う様子が美しく、美保《みほ》はうらやましくてたまらない気持ちになった。

「家には玲《れい》ちゃんとママしかいないの?」

たずねたことがある。屋敷《やしき》はしんとしていて、物音ひとつ聞こえなかったからだ。

「おじいちゃんとおばあちゃんがいるし、兄《にい》さんもいるわ。兄《にい》さんは友だち集めてバンドの練習してる」

玲《れい》の家はどれほど広いのかと、美保《みほ》は思った。美保《みほ》の家では朝から晩《ばん》までテレビの音がしているし、両親の会話も弟の泣《な》き声《ごえ》も聞こえる。しんとしていることなんかないのだ。

（私《わたし》の生活は、美保《みほ》とは違《ちが》うものになっていく。同じではいられない）

玲《れい》にはわかっていた。六年生になったときから、玲《れい》はダンスレッスンに通っていたし、夏休みにはママが、ジョイのコンサートに連《つ》れて行ってくれた。

「これはおみやげ」

コンサートのプログラムを差《さ》し出すと、美保《みほ》は怒《おこ》っているように言ったのだ。

「玲《れい》ちゃん、ひとりで行ったの？」

ジョイの舞台《ぶたい》写真が載《の》っているプログラムを喜《よろこ》んでくれると思ったのに、美保《みほ》はくちびるをつき出していた。

「ママと行ったわ」

答えて、玲《れい》はたずねた。

「どうすればよかったの？」

さそえばよかったの？　でも、美保《みほ》は行かなかったと思うわ。お金がかかるから……。言いたい言葉を、玲《れい》は胸《むね》の奥《おく》にしまいこむ。

美保《みほ》は何も言わずに、プログラムをにぎりしめて立ち去った。

玲《れい》の心が美保《みほ》から離《はな》れたのはこのときだった。幼稚園《ようちえん》も小学校も一緒《いっしょ》で、毎日手をつないでいたのに、玲《れい》は美保《みほ》に近づくことさえしなくなったのだ。「おはよう」と「さよなら」だけが会話になってしまった。

中学校の入学式に、玲《れい》の姿《すがた》はなかった。

「東京《とうきょう》の中学に行ったんだって、知らなかったの？　親友の中嶋《なかじま》さんにも言わずに行っちゃったってこと？」

玲《れい》は親戚《しんせき》の家で暮《く》らして中学に通うかたわらで、芸能《げいのう》プロダクションに入って歌や演技《えんぎ》の勉強をしているのだという。クラスの女子たちのうわさだった。

「ジョイと同じステージで踊《おど》る日がきっとくるって、玲《れい》は胸《むね》をときめかせていた」

「玲《れい》の夢《ゆめ》はきっとかなうわ。それなりの努力《どりょく》をしているんだもの」

「そうよね。私《わたし》たちが遊んでいる日曜日にダンススタジオでしごかれていたし、放課《ほうか》後《ご》は校庭を走って体をきたえていた。並《なみ》の小学生にはできないことよ」

「きたえるより怠《なま》けたいよね」

女子たちのお喋《しゃべ》りを聞きながら、美保《みほ》はうつむいていた。よかったね玲《れい》、がんばってねと言いたいのに、心がかたくなになっている。なぜ玲《れい》だけが良《い》い思いをしているのかと腹《はら》がたってくるのだ。

「玲《れい》と私《わたし》、違《ちが》いはないのよ。顔もスタイルも悪くないし、性格《せいかく》も前向きでがんばりやだわ」

身につけるものも変《か》わらなかった。ぜいたくな服を着ることもできるはずなのに、玲《れい》は美保《みほ》に合わせるように質素《しっそ》な身なりをしていたのだ。

「いやなやつだったんだわ。みすぼらしい服を、わざとらしく着てみせてさ」

うそぶく自分の心が、どんどん堕落《だらく》していくことが、美保《みほ》にはわからなかった。

「美保《みほ》ちゃんじゃないの、お久《ひさ》しぶり」

すっととまった車の窓《まど》が開いて、はなやかな声がした。運転席《うんてんせき》にいるのは玲《れい》のママだ。

「家でお茶を飲みましょうよ。玲《れい》のディスクを見てほしいの」

ことわることはできなかった。玲《れい》のディスクが、ねたみをふくらませるにちがいないと思っても、見たい気持ちのほうが大きい。

美保《みほ》は玲《れい》ママのとなりに座《すわ》って、ウグイス屋敷《やしき》に向かった。車も屋敷《やしき》も暖房《だんぼう》がきいていて、ちぢんでいた背中《せなか》がのびる。

「父親にも私《わたし》にも相談しないで、玲《れい》は東京《とうきょう》に出ていってしまったの。びっくりしたけど、どんどん前進していく玲《れい》を今は応援《おうえん》しているわ」

前と変《か》わらない玲《れい》の部屋《へや》で、美保《みほ》は栗《くり》のケーキとミルクティーを味わった。テレビ画面に映《うつ》し出されたのはジョイのステージだ。純白《じゅんぱく》の衣装《いしょう》をまとったジョイが舞《ま》って、歌っている。ステージをうずめるように踊《おど》っているのは何十人ものバックダンサーだった。ダンサーの中に、小指にリボンをつけたグループがいる。レモン色のリボンをほおにあてて笑《わら》うダンサーのひとりがアップになった。

「玲《れい》ちゃん……」

息を呑《の》む美保《みほ》に、玲《れい》ママがほほえみかける。

「小指にリボンをつけているのは小指姫《こゆびひめ》グループ。玲《れい》は小指姫《こゆびひめ》のメンバーにえらばれ見てくれてステージに立ったの。私《わたし》はうれしくて、三日間の公演《こうえん》を欠《か》かさずに見たわ。劇場《げきじょう》の近くに泊《と》まったのよ。ディスクはプロのカメラマンに撮影《さつえい》してもらったの。見てくれてありがとう」

玲《れい》ママを振《ふ》り切るように、美保《みほ》は屋敷《やしき》を走り出た。薄暗《うすぐら》くなっている道を走りに走る。

止まったのは、林の中だった。こみあげる声をおさえることができずに、美保《みほ》は泣《な》いていた。胸《むね》の奥《おく》がちりちりに焦《こ》げている。真っ暗で深い穴《あな》の底《そこ》におちた気分だった。くやしさとねたみが美保《みほ》の心をがんじがらめにして、離《はな》そうとしない。

「どうして玲《れい》だけに良《い》いことがおこるのよ！　なぜ私《わたし》は、ジョイのそばに行けないのよ！」

さけんでも、答えてくれるものはいない。

「玲《れい》が憎《にく》い。自慢《じまん》いっぱいでディスクを見せたママも憎《にく》い、憎《にく》いにくいにくいにくい」

くり返している美保《みほ》の前に、いきなりだれかが立ちふさがった。

「憎《にく》しみとくやしさとねたみを、玲《れい》にぶつければいい。少しは気が晴れるだろうよ」

つぶやいて右手を差《さ》し出したのは、黒い服に黒い帽子《ぼうし》の女だ。暗いので顔は見えない。美保《みほ》の手に白い封筒《ふうとう》を残《のこ》して、女は消えた。

「女は、私《わたし》の分身なんだわ」

美保《みほ》はつぶやいた。封筒《ふうとう》の中に入っているものは何なのか、わかっている。入れたのは美保《みほ》だったからだ。ためらうことなく、封筒《ふうとう》を玲《れい》に送る準備《じゅんび》をした。住所は玲《れい》ママから聞いていた。

夜更《よふ》け、美保《みほ》はアルバムをめくっていた。玲《れい》とふたりで撮《と》った写真が並《なら》んでいる。

「この日に返ることはできない。おじぞうさんに祈《いの》っていた、無邪気《むじゃき》な昔はぜったいに返ってこないんだ」

懐中電灯《かいちゅうでんとう》のあかりにうかんだ玲《れい》の顔は、にこやかで愛《あい》らしい。にぎりしめた縫《ぬ》い針《ばり》で、美保《みほ》は写真の玲《れい》をつきさした。両方の目に針《はり》をさされても、玲《れい》はにっこりしている。

「何しているの美保《みほ》」

母の声を聞いて、美保《みほ》はあわてて布団《ふとん》にもぐりこむ。カーテンのすきまからさしこむ月の光が、清《きよ》らかで美しかった。

数日後、玲《れい》はZホールの楽屋にいた。女性《じょせい》歌手のバックダンサーをつとめるのだ。十四人の小指姫《こゆびひめ》たちが身なりをととのえている。小指姫《こゆびひめ》のポイントは小指につけるリボンだった。鏡《かがみ》の前に、緑色のリボンがふたつ置《お》いてある。みんなとおそろいの衣《い》装《しょう》をつけて、玲《れい》はせっせと化粧《けしょう》をしていた。

「三井玲《みついれい》ちゃん、いいな。ファンレターもらえるなんて」

となりにいるメンバーが言う。玲《れい》の名を書いた封筒《ふうとう》が、リボンと並《なら》んでいた。

「これがファンレターなの？」

封筒《ふうとう》を開けた玲《れい》が、あきれた声をあげる。入っていたのは小さなワラ人形とカミソリだったのだ。ワラ人形の胸《むね》にはさびたクギがうちこまれていて、カミソリの刃《は》はきらきらと光っている。

三井玲様

「呪《のろ》いのしるしが、ずいぶん古風だね」

「手作りのワラ人形かしら、かわいい」

メンバーは笑《わら》った。呪《のろ》いの品や、そんなものが送られるかもしれないことはマネージャーが話してくれたので、動じる子はいない。差出人《さしだしにん》の名は当然《とうぜん》なかった。

「開演《かいえん》十分前」

インターホンを聞いて、みんながメイクの仕上げにかかる。玲《れい》は右手でカミソリをつまんだ。リボンからはみだしている糸を切ろうとしたのだ。ハサミはなかったし、きらきら光るカミソリの刃《は》が「私《わたし》を使って！　使って！」とさけんでいたのだ。とたんに左小指の先が切れてしまった。おどろいて息を呑《の》んだ玲《れい》は指先をもとにもどす。切ってもすぐにもどせば、指先を失《うしな》わずにすむと聞いたことがあったからだ。

「小指がなくなったら小指姫《こゆびひめ》でいられなくなってしまうわ」

小指の根元に輪《わ》ゴムをきりきりとまきつけて、玲《れい》はステージの裾《すそ》に立った。痛《いた》みはあるが血は出ていない。

「負けない！　負けない！　うすぎたない呪《のろ》いなんかに絶対《ぜったい》に負けない！」

心の中でさけんで、玲《れい》はまばゆいステージに出て行く。オープニングの音楽が晴れやかに玲《れい》をつつんだ。

「みごとな手当てです。よくやりましたね」

小指をみた医師《いし》は玲《れい》をほめた。

「でも残念《ざんねん》なことに、反対につけてしまったんです。爪《つめ》が手の内側《がわ》についています」

玲《れい》は苦笑《にがわら》いする。指先をつけるのに必死《ひっし》で、爪《つめ》がどこにあるか、たしかめることなんてできなかったのだ。

「なおすことはできますよ。手術《しゅじゅつ》をしなければなりませんが」

「手術《しゅじゅつ》はしません。このままの小指で生きていきます。このできごとが芸能《げいのう》ニュースになれば、小指姫《こゆびひめ》グループも私《わたし》も世間に知られることになるでしょう。私《わたし》の小指は、ニュースのもとになる大切な証拠《しょうこ》なんです」

答える玲《れい》を、医師《いし》がはげました。

「すばらしい覚悟《かくご》だ。たった今からあなたのファンになって応援《おうえん》してあげるよ」

玲《れい》は、美保《みほ》に呼《よ》びかけていた。

「ワラ人形とカミソリを送りつけたのは美保《みほ》ちゃんなのよね。私《わたし》にはわかるわ。カミソリには、美保《みほ》ちゃんの思いがこめられていた。邪悪《じゃあく》なねたみが、私《わたし》の小指を切りとったんだわ。カミソリは、もってしまった悪い心のままに動いた。おそろしいことだけど、私《わたし》は負けない。夢《ゆめ》に向かって進んでいくだけだわ」

応援《おうえん》してくれたのは医師《いし》だけではなかった。ジョイが、小指姫《こゆびひめ》グループをステージダンサーに指名してくれたのだ。

「こんなに幸せなことってないわ。ジョイのすぐとなりで踊《おど》れるのよ」

「手を取り合うこともできるんだわ」

「日本中の女の子からねたまれて、ワラ人形とカミソリが山ほどとどくだろうね」

「ねたまれても呪《のろ》われてもかまわない。ジョイのそばに行けるんだもの」

「おはなしすることもできるのよ、すごい！」

仲間《なかま》たちは喜《よろこ》びのてっぺんにのぼりつめて、つぎつぎと口を開く。

「今までの何倍も努力《どりょく》しなければ。死ぬほどダンスの練習をしよう」

小指姫《こゆびひめ》のメンバーと抱《だ》き合いながら、玲《れい》は自分に誓《ちか》った。

木枯《こが》らしが吹《ふ》き荒《あ》れている。おさえていなければ、コートが吹《ふ》き飛《と》ばされそうな激《はげ》しい風だった。舞《ま》いあげられた枯《か》れ葉《は》が空を飛《と》んで行く。茶色や赤、黄色の枯《か》れ葉《は》にまじって、銀色のカミソリがただよっていた。

「どこへ行こうか。次は何を切りきざんでやろうか」

邪悪《じゃあく》な心をもってしまったカミソリがあることを知っているものはいないし、カミソリのつぶやきを聞きとるものもいない。

がい骨《こつ》がボートに乗っている

塩野米松《しおのよねまつ》

足もとで、釣《つ》り上げたピラニアがばたばたしている。

棒《ぼう》でもあれば、たたき殺《ころ》したいのだが、ぼくが乗っているのはゴムボートだ。たたいたところで、ピラニアはよけい暴《あば》れるだけだろう。やつはなににでも食いつくどう猛《もう》な魚だ。ポケットにナイフが入っている。最初《さいしょ》に釣《つ》ったピラニアをナイフでさばいて、その肉をえさにして釣《つ》り上げたやつが今暴《あば》れているのだ。ぼくははだしだ。やつはぼくの足の指をねらっている。ナイフで殺《ころ》してしまえばいいのだが、間違《まちが》えて、ボートの底《そこ》に穴《あな》をあけてしまったら、すべてがおしまいだ。そうなったら、ぼくは仲間《なかま》が待つキャンプ地に帰れない。誰《だれ》にも気付《きづ》かれずにこのおしるこのような真っ茶色の川に沈《しず》んでピラニアやワニに食いちぎられて死んでしまうだろう。おおいやだ。

キャンプ地は熱帯雨林《ねったいうりん》の茂《しげ》みの奥《おく》の方にある。ここらは雨が降《ふ》るとすぐに水かさが増《ま》す。そして木々がみな川の中に残《のこ》されて、水中のジャングルになる。そんなだからキャンプができる陸地《りくち》を見つけるには茂《しげ》みに入って探《さが》すしかない。先ほど、やっと乾《かわ》いた陸地《りくち》を探《さが》して雨よけのタープ（キャンプ用防水《ぼうすい》シート）を張《は》って、その下にハンモックをつるしてきたところだ。

みんながたき火の用意をし、食事の準備《じゅんび》を始めたので、ぼくは魚を調達《ちょうたつ》してくると、ボートを出したのだ。

「大きいの頼《たの》むよ」

「まかしておいて」

そんな軽口をたたいたのには理由があった。

昨日《きのう》は川岸からえさをつけて水面に投げただけで、すぐに魚がかかった。よろいを身につけたような姿《すがた》の見たこともない魚だった。ひげの感じはナマズだ。引き上げてハリをはずし、えさをつけかえて投げ込《こ》んだら、底《そこ》にえさがつく前に次の魚がかかった。二匹目《ひき》は大きかった。あげるのにてまどっているうちに水面がばしゃばしゃと荒《あら》立《だ》ち、引き上げたとき魚の下半分がなかった。魚の暴《あば》れる音でピラニアが集まってきて食いついたのだ。それでも六匹《ぴき》釣《つ》るのにそんなに時間はかからなかった。そんなだったから、今日《きょう》もすぐにみんなの分は釣《つ》って帰れると思った。

ぼくは水面までたれている枝《えだ》を押《お》しのけてさっきのぼってきた川に出て、近くの木の枝《えだ》にボートを結《ゆ》わえ、釣《つ》り始めたのだが、反応《はんのう》がない。

たき火がたかれたのだろう、キャンプ地のあたりが赤く見えた。

ここはだめだ。少し、流れのある方に行こう。

こぎ出して、えさを投げ込《こ》んだら一発でピラニアがかかった。やつらの居場所《いばしょ》がわかれば、こっちのものだ。釣《つ》りの腕《うで》にはおぼえがある。

二匹《ひき》目も簡単《かんたん》に釣《つ》れた。流れに乗りながらえさを投げ込《こ》み、三匹《びき》目、四匹《ひき》目と釣《つ》った。みんなピラニアだ。このあたりには群《むれ》でいるらしい。ピラニアはハリからはずすのがたいへんだ。すきがあれば指に食いつこうとする。

五匹《ひき》目が釣《つ》れた。美しかった夕日が間もなく沈《しず》みそうだ。もう終わりにしようと思ったとき、ぐいと引きがきた。さおが大きくしなった。糸が引き込《こ》まれ、ぶるぶると振動《しんどう》が伝《つた》わってくる。重い。どんどん川底《かわぞこ》に潜《もぐ》っていく。糸巻《いとま》きのない簡単《かんたん》な道具だ。さおと同じ三・八メートルの長さの糸しかついていない。その糸の三分の二が引き込《こ》まれている。

ハリを飲み込《こ》んだ魚も必死《ひっし》なのだ。うまそうな肉をひと飲みにしたことを後悔《こうかい》して、暴《あば》れ回っている。ピラニアはタイに似《に》て体が平たい。こういう体の魚は引っ張《ぱ》り上げようとするとひらひらと体をかわしながら抵抗《ていこう》する。ぐいぐい引っ張《ぱ》る魚とがまん比《くら》べだ。やつが方向を変《か》えようとする時を待つ。その瞬間《しゅんかん》に一気に引き上げてやった。

でかいピラニアだ！

歯をむいても、もうおまえは終わりだ。

キャンプで待っている仲間《なかま》たちが、熱《ねっ》したフライパンに油を引いて小麦粉《こむぎこ》をまぶしたおまえをこんがりと焼《や》いて食っちゃうんだ。がっちりと口の裏側《うらがわ》にハリ先がささっている。痛《いた》いだろう。今らくにしてやるからじっとしてろ。このハリは日本から持ってきた特別《とくべつ》なやつだ。イシダイというヤスリのような歯をした魚を釣《つ》るために作られたものだ。ハリとナイロンの糸を結《むす》ぶところをハリスというのだが、ふつうはナイロンでできている。それでは鋭《するど》い歯で切られてしまうので、金属製《きんぞくせい》の糸を編《あ》み込《こ》んで丈夫《じょうぶ》に作ってある特殊《とくしゅ》なハリだ。

魚の数はそろった。もういい、帰ろう。

今ぼくがいるのは、オリノコ川の上流。アンデスの奥地《おくち》から海に流れ出す南米三番目の大きな川だ。小さな飛行機《ひこうき》に荷物やカメラ機材《きざい》、ゴムボート、食料《しょくりょう》、現地《げんち》の人への土産《みやげ》を積《つ》み込《こ》んで、ジャングルのなかにある小さな村の草っぱら飛行場《ひこうじょう》に降《お》りたのだった。そこで荷物を運んでくれる人たちをやとって、何日もかけて仲間《なかま》たちとこぎあがってきた。荷物運びの人たちは手作りの舟《ふね》。ぼくたち六人は三そうのゴムボートをふくらまし、組み立て、上流をめざして毎日毎日こいできた。

川の上流に住むヤノマミ族という原始的《げんしてき》な生活をしている人たちを探《さが》しにきたのだ。

ぼくは世界中を旅してお話を書く作家だ。釣《つ》りが好《す》きなので、どこへ行くときも釣《つ》り道具《どうぐ》を持っていく。

南国は日が沈《しず》むのが、日本よりずっとはやい。美しい夕焼《ゆうや》けに見とれているうちに、一気に空が暗くなる。夕焼《ゆうや》けの頃《ころ》には真上はすでに群青色《ぐんじょういろ》から黒に近くなり、星がかがやき始めている。

舟底《ふなぞこ》でばたばた暴《あば》れ回っているピラニアたちが近づかないように、さおや釣《つ》り道具《どうぐ》の入った袋《ふくろ》を置《お》いた。ハリをはずす前に、デコピンを二発ほど食らわしておいたが、水が侵入《しんにゅう》してきたのでピラニアたちは活発になってきている。いやな感じだ。

暗くなる前にキャンプ地に帰らなければ。

時計《とけい》も荷物もみんな置《お》いてきたので時間がわからない。オールを持ち、ゴムボートを上流に向け、こぎ戻《もど》ろうとして、どきっとした。ほんの一分もかからぬその間にボートはずいぶん下流に流されていた。

腕《うで》に力を入れオールを思い切りこぐ。ボートがぐいと進むが、水面に残《のこ》ったオールの跡《あと》がすぐ隣《となり》にある。わずかしか進んでいないのだ。昼間はこの流れに逆《さか》らって、二人で協力《きょうりょく》して必死《ひっし》でこいできたのに、今はぼく一人だ。

日は落ちてしまった。それでも空気中に光が残《のこ》っているらしく、水面が光って見える。

こぎあがれば右手にキャンプ地がある。たき火が目印《めじるし》だ。大丈夫《だいじょうぶ》さ。あせらなくていいよ。ぼくは自分に言い聞かせた。それでも胸《むね》は不安《ふあん》でどきどきしている。

空には星がかがやき出している。月はない。

オリノコ川は長さ二千キロもある。岸辺《きしべ》はみな同じような密林《みつりん》がどこまでも続《つづ》いている。昼間その風景《ふうけい》を見てため息をついたものだ。日本《にっぽん》では想像《そうぞう》もつかない果《は》てしなさだ。

力を入れてこぐのだが、進んだ距離《きょり》とほぼ同じだけ流されているような気がする。真ん中は流れが速い。もっと茂《しげ》みに近い側《がわ》を行こう。

だいぶ暗くなってきた。水面はかすかに光っているのでわかるが、明かりは全くない。密林《みつりん》は黒い影《かげ》になってせまってくる。

人工衛星《えいせい》から見たらこのあたり数万平方キロは真《ま》っ暗闇《くらやみ》だろう。そのなかをぼくは一人でボートをこいでいるのだ。目をこらし、茂《しげ》みをすかして見るのだが、たき火やランタンの明かりは見えない。

不安《ふあん》が押《お》し寄《よ》せてくる。

暗くなりまわりが見えない分だけ想像力《そうぞうりょく》がふくらむ。帰れるだろうか。胸《むね》の奥《おく》にわき上がった黒いかたまりが大きくなって、息苦しくなる。

そんなとき、さらなる衝撃《しょうげき》がおそった。

「うあわー、どういうことだ」

川が二またにわかれている。右の茂《しげ》みから一本の水路が流れ出している!

ぼくは左に茂《しげ》みを見ながら釣《つ》り下がってきた。茂《しげ》みから離《はな》れぬように注意してき

た。だから帰りは右に茂《しげ》みを見ながらあがっていけば、仲間《なかま》のところにたどり着けるはずなのに、この見知らぬ水路は？

こんなことがあるだろうか？

ぼくはこのわきの水路を下《くだ》ってきたのだろうか？

右に茂《しげ》みを見ながらこぎあがるのなら、ぼくはこの水路に入っていかなければならない。混乱《こんらん》で頭のなかが真っ白になる。心臓《しんぞう》が高鳴る。

落ち着こう。落ち着け。冷静《れいせい》に考えるんだ。

でも立ち止まるわけにはいかない。手を休めれば、ボートはせっかくこぎあがった川を流されてしまう。暗がりの中で岸をながめ、昼間見た景色《けしき》がないか探《さが》すが、どこも全く似《に》た黒い茂《しげ》みだ。目印《めじるし》の木などない。冷静《れいせい》に考えようにもこんな水路があるなんて知らなかった。どうしよう。

「おーい」

大きな声を出してみた。もしかしてキャンプ地のすぐ近くまでぼくはきていて、仲《なか》間《ま》が答えてくれるのではないか。頭が痛《いた》くなるほど耳をそばだててみたが、聞こえるのはぼくがこぐオールの水をかく音だけだ。静止《せいし》しているためにもこがなくてはならない。返事はない。

ぼくは決めた。

右の水路は無視《むし》だ。この水路は流れに乗って下《くだ》ってきたぼくには見えなかったのだ。自分が本流だと思う方を進もう。

でも、もし間違《まちが》っていれば、ぼくは仲間《なかま》のところには絶対《ぜったい》に帰れない。

南極探検隊《なんきょくたんけんたい》の隊員《たいいん》の一人がそりを固定《こてい》するために宿舎《しゅくしゃ》を出たまま帰れなかった。猛吹雪《もうふぶき》のなかで方向を見失《みうしな》ったのだ。右も左も前も後ろも真っ白。ほんの数歩ずれただけで、宿舎《しゅくしゃ》の脇《わき》を通って先に行ってしまったのだろう。その隊員《たいいん》が見つかったのは七年後。雪のなか。五キロも遠くだったという。ぼくはこの話を聞いたとき、その隊員《たいいん》の胸《むね》が裂《さ》けるような恐怖《きょうふ》を自分のことのように感じとった。絶望《ぜつぼう》のなかで宿舎《しゅくしゃ》を探《さが》して歩き回っただろう。

それがぼくの身に起きたのだ。

この川沿《かわぞ》いには人間はほとんど住んでいない。わずかに密林《みつりん》の奥《おく》にヤノマミ族がいるはず。彼《かれ》らを探《さが》しにやってきたのだ。河口《かこう》までは一千キロ以上《いじょう》もある。

「オーイ」

のどが裂《さ》けるほど思い切り声を出した。声が闇《やみ》に吸《す》い取られる。こだまもない。ぼくはほんとうに叫《さけ》んだのだろうか。それさえ疑《うたが》いたくなってくる。

仲間《なかま》はぼくが迷《まよ》ってしまったことには気が付《つ》いてないだろう。遅《おそ》いなあと思って、ランタンを持って茂《しげ》みの前まで迎《むか》えにきてくれないだろうか。期待するが、そんなことはないだろう。明かりを探《さが》す自分が怖《こわ》い。冷静《れいせい》になってボートをこげ。自分に言い聞かせる。それしか助かる道はない。まだ水面は見えるが、心はもう真っ暗だ。このまま誰《だれ》も知らないところで……ぼくは死ぬまでこぎ続《つづ》けるのかな。

がい骨《こつ》が乗った舟《ふね》が川を流れていく。そんな空想がわき上がる。わーおー、叫《さけ》びだしたかった。泣《な》きたかった。

でも、ぼくは一生懸命《いっしょうけんめい》オールをこいでいた。なんの役にも立たないが、こいだ数を声に出して数えてみることにした。

「いち、にい、さん、しー……五十八、五十九……五百十一、五百十二」

たき火は見えない。やっぱり間違《まちが》っていたんじゃないか。おさえていた胸《むね》の黒いかたまりがまた大きくなってきた。さっきの水路が正解《せいかい》だったのか。引き返そうか、もう少し行ってみようか。

下《くだ》るのは簡単《かんたん》だ。もう少し行ってみよう。自分に言い聞かせる。

「七百四十三、七百四十四……九百八十七……千八、千九」

こいでもこいでも、明かりは見えない。ぼくは帰れないかも。

「千二十九、千三十」

そのとき、かすかに笑《わら》い声《ごえ》が聞こえた気がした。鳥だろうか、木の葉がこすれる音だろうか、空耳だろうか。まぼろしだろうか？

こぐのをやめて、耳をすます。耳をすます。耳を……すます。

人間の声だ。笑《わら》っている。ほんの少し先の右の奥《おく》の方だ。

ぼくはうれしくて声をあげて笑《わら》った。胸《むね》の黒いかたまりが溶《と》けて消えた。手をあげずにばんざいをした。

ははははは。帰れた！

黒い密林《みつりん》の奥《おく》に小さな明かりが見える。ホタルの光のような明かりだ。仲間《なかま》の笑《わら》い声《ごえ》に気が付《つ》かないでいたら、通り過《す》ぎてしまったかもしれない。

ぼくは茂《しげ》みにこぎ入れた。

助かった！　ぼくが戻《もど》ってきたのに気が付《つ》いた仲間《なかま》が声をかけてきた。

「釣《つ》れた？」

「まあそこそこ。みんなの分はあるよ」

誰《だれ》も心配なんかしていなかった。ぼくもなんでもなかったようにボートの綱《つな》を投げて引き寄《よ》せてもらった。

ボートの底《そこ》でピラニアがはね回っている。

たき火にかけられたご飯《はん》はまだ炊《た》きあがっていなかった。そんなに時間はたっていなかったのだ。

このときの恐怖《きょうふ》は今でもよみがえる。ぼくは仲間《なかま》にはこの話を教えていない。この恐怖《きょうふ》をわかってくれるのは想像力《そうぞうりょく》のある人たちだけだ。だから君たちにそっとうちあけたのさ。

不安《ふあん》という小さな種《たね》をふくらませるのは想像力《そうぞうりょく》。それが怖《こわ》さをよび、巨大《きょだい》になってのしかかってくる。そうなったら、ぼくらは暗闇《くらやみ》のなかに取り残《のこ》された弱虫だ。もしも、あのとき、別《べつ》の水路に入っていたら……。

ピラニアの味はエボダイに似《に》ている。とてもおいしい魚だけど、ぼくはもうあの魚は釣《つ》りに行きたくない。

著者プロフィール

山本悦子（やまもと・えつこ）　愛知県生まれ。主な作品に『神隠しの教室』『夜間中学へようこそ』『先生、しゅくだいわすれました』『がっこうかっぱのイケノオイ』など。

緑川聖司（みどりかわ・せいじ）　大阪府生まれ。主な作品に『晴れた日は図書館へいこう』『福まねき寺にいらっしゃい』「本の怪談」シリーズ、「怪談収集家　山岸良介」シリーズ、「笑い猫の5分間怪談」シリーズなど。

堀米　薫（ほりごめ・かおる）　福島県生まれ。主な作品に『チョコレートと青い空』『命のバトン』『林業少年』『金色のキャベツ』『仙台真田氏物語』「あぐり☆サイエンスクラブ」シリーズなど。

たからしげる　大阪府生まれ。主な作品に『盗まれたあした』『ラッキーパールズ』『想魔のいる街』『3にん4きゃく、イヌ1ぴき』「絶品らーめん魔神亭」シリーズなど。

藤咲あゆな（ふじさき・あゆな）　東京都生まれ。主なシリーズ作品に「魔天使マテリアル」「戦国姫」「戦国武将列伝」「天国の犬ものがたり」など。『めちゃコワ！　最凶怪談』をはじめ、怪談ものも多数執筆している。

樫崎　茜（かしざき・あかね）　長野県生まれ。『ボクシング・デイ』で椋鳩十児童文学賞、『満月のさじかげん』で日本児童文学者協会新人賞。近著にアンソロジー小説『あまからすっぱい物語3　ゆめの味』。

藤　真知子（ふじ・まちこ）　東京都生まれ。著書に「まじょ子」シリーズ（既刊59巻）、「わたしのママは魔女」シリーズ（全50巻）、「チビまじょチャミー」シリーズ（既刊9巻）、絵本『まるいものの　なかに』など多数。

北川チハル（きたがわ・ちはる）　愛知県生まれ。主な作品に『えっちゃん　ええやん』『たびいえさん』『ともだちのまほう』『ハコくん』『きらちゃんひらひら』「いちねんせい」シリーズなど。

立原えりか（たちはら・えりか）　東京都生まれ。自己流のファンタジーを書きつづけている。代表作に『木馬がのった白い船』『人魚のくつ』など。趣味はタイ料理をつくることとハワイフラのレッスンに励むこと。

塩野米松（しおの・よねまつ）　秋田県生まれ。主な作品に『夕陽丘分校の七人』（夕陽丘分校シリーズ）、『かぐやのかご』、絵本『なつのいけ』（日本絵本大賞受賞）、『1000000ぼんのブナの木』など。

編　者

たからしげる

大阪府生まれの東京都中野区育ち、千葉県市原市在住。立教大学社会学部社会学科卒業。産経新聞社で記者として働いているときに「フカシギ系。」シリーズで作家デビュー。主な作品に「絶品らーめん魔神亭」シリーズ、「フカシギ・スクール」シリーズ、『ふたご桜のひみつ』『盗まれたあした』『ギラの伝説』『さとるくんの怪物』『みつよのいた教室』『ラッキーパールズ』『プルーと満月のむこう』『想魔のいる街』『由宇の154日間』『３にん４きゃく、イヌ１ぴき』『ガリばあとなぞの石』など。ノンフィクションに『まぼろしの上総国府を探して』『伝記を読もう　伊能忠敬』など。絵本に『ねこがおしえてくれたよ』（久本直子絵）、訳書に「ザ・ワースト中学生」シリーズ（ジェームズ・パターソンほか著）、編者としてＰＨＰ研究所から「本当にあった？　世にも〈不思議〉〈奇妙〉〈不可解〉なお話」シリーズ（全３巻）がある。趣味は映画鑑賞とドラム演奏。

イラストレーター

shimano

神奈川県在住。イラストレーター。書籍の装画や挿絵など、幅広くイラストを手がける。主な装画に『僕が愛したすべての君へ』『君を愛したひとりの僕へ』『一番線に謎が到着します　若き鉄道員・夏目壮太の日常』『なくし物をお探しの方は二番線へ　鉄道員・夏目壮太の奮闘』『きみといたい、朽ち果てるまで　～絶望の街イタギリにて』『この世で最後のデートをきみと』などがある。

カバーデザイン：AFTERGLOW
イラスト：shimano
本文デザイン：印牧真和

本当にあった？　恐怖《きょうふ》のお話・怪《かい》

2018年3月6日　第1版第1刷発行

編　　者　たからしげる
発 行 者　瀬津　要
発 行 所　株式会社ＰＨＰ研究所
東京本部　〒135-8137　江東区豊洲5-6-52
児童書出版部　☎03-3520-9635（編集）
児童書普及部　☎03-3520-9634（販売）
京都本部　〒601-8411　京都市南区西九条北ノ内町11
PHP INTERFACE　https://www.php.co.jp/

制作協力
組　　版　株式会社ＰＨＰエディターズ・グループ
印 刷 所
製 本 所　図書印刷株式会社

ISBN978-4-569-78741-1

NDC913 ＜175＞P 20cm